THE WIDE WINDOW

LEMONY SNICKET

波特莱尔大冒险
3
鬼魅的大窗子

〔美〕雷蒙尼·斯尼科特 著   周思芸 译

人民文学出版社

PEOPLE'S LITERATURE PUBLISHING HOUSE

著作权合同登记号　图字 01-2016-6563

THE WIDE WINDOW by Lemony Snicket
copyright © 2000 by Lemony Snicket
Simplified Chinese translation copyright © 2017
by Shanghai 99 Readers' Culture Co., Ltd.
Published by arrangement with HarperCollins Children's Books
through Bardon-Chinese Media Agency
ALL RIGHTS RESERVED

图书在版编目(CIP)数据

鬼魅的大窗子/(美)雷蒙尼·斯尼科特著；周思
芸译. —北京：人民文学出版社，2016
(波特莱尔大冒险)
ISBN 978-7-02-012113-7

Ⅰ.①鬼…　Ⅱ.①雷…　②周…　Ⅲ.①儿童小说-长
篇小说-美国-现代　Ⅳ.①I712.84

中国版本图书馆 CIP 数据核字(2016)第 245145 号

责任编辑：**朱卫净　仲召明　任　战**
封面及内文绘图：**刘鑫锋**
封面设计：**高静芳**

出版发行　**人民文学出版社**
社　　址　**北京市朝内大街 166 号**
邮政编码　**100705**
网　　址　**http://www.rw-cn.com**

印　　刷　**山东德州新华印务有限责任公司**
经　　销　**全国新华书店等**

开　　本　**890 毫米×1240 毫米　1/32**
印　　张　**5**
字　　数　**77 千字**
版　　次　**2017 年 1 月北京第 1 版**
印　　次　**2017 年 1 月第 1 次印刷**

书　　号　**978-7-02-012113-7**
定　　价　**20.00 元**

如有印装质量问题,请与本社图书销售中心调换。电话:010 - 65233595

献给贝特丽丝

如果你仍身健在，
我会心花朵朵开。

1.

位于山丘最顶端的这个小方盒子，
不过只是这房子的一部分而已……
孩子们凝视着他们的新家，
感觉到这房子似乎正死命地抓住山丘不放。

　　这儿是达摩克利斯码头，波待莱尔家的孤儿们正坐在他们的手提箱上。假如你对这三个孩子所知不多，而又正巧看到他们坐在码头边，你可能会以为他们正准备开始一项刺激的冒险活动。毕竟，他们才刚乘坐"无常号"渡轮，横渡了"断肠湖"，准备投靠他们的约瑟芬姑妈。通常，这种情况将会带来令人兴奋的好时光。

　　然而，你错了。虽然波特莱尔家的奥薇特、克劳斯和桑妮即将开始另一段刺激而又难忘的体验，但绝不是你想象中的算命、套牛、骑野马这类的好事。他们所要经历的是另一种刺激而难忘的滋味，就好像是在月黑风高的夜晚，被狼人追逐到荆棘丛中，叫天不应、叫地不灵时的那种。如果你期待的是一个充满好时光的愉快故事，那么你恐怕是选错书了，因为，在波特莱尔家的孩子们悲惨晦暗的一生中，好时光总是如昙花一现，少之又少。这真是一件可怕的事，他们的遭遇如此不幸，我几乎不忍心写出来。你如果不想看一个充满悲剧和哀伤的故事，这可是你最后的机会了，因为波特莱尔家孤儿们的下一个悲惨故事，就要开始了。

　　"看我带了什么给你们，"波先生说着拿出一个小纸袋，嘴巴笑得简直快要从两个耳朵裂开来了，"薄荷糖！"波先

生是个银行家，自从波特莱尔家孩子们的父母去世之后，他就负责处理他们所有的事务。波先生是个好心的人，可在这个世界上只有好心可能还不够，尤其是当你还身负重任，必须让孩子们远离危险时。波先生打从孩子们一出生就认识他们了，却永远记不得他们对薄荷糖过敏。

"谢谢您，波先生。"奥薇特伸手接过纸袋，看了一眼。就如同大部分十四岁的孩子一样，奥薇特非常有礼貌，所以她并没有说出，只要吃了薄荷糖，她马上就会发荨麻疹，后果就是"不出几小时，全身便会长出又红又痒的疹子"。况且，她的脑子几乎完全被那些发明的点子给塞满了，并没有太注意波先生。所有认识奥薇特的人都知道，当她把头发用丝带扎起来以免挡住视线的时候，就表示她的脑子里正充满了轮子、齿轮、杠杆，以及其他与发明有关的东西。而此刻，她正思考着如何改进"无常号"渡轮的引擎，使它的烟雾不再污染天空。

"您真好。"排行老二的男孩克劳斯说。他对着波先生笑，脑子里想的却是，只要舔一口薄荷糖，他的舌头马上就会肿起来，无法说话。克劳斯摘下眼镜，心里只希望波先生带给他的是一本书或是一份报纸。对克劳斯而言，阅读有无法抗拒的魔力。八岁的时候，在一场生日宴会上，克劳斯知道自己有过敏症，马上就把家里关于过敏的书全都读完了。甚至在四年之后，他还能够说出造成他舌头肿胀的化学成分。

"过过！"桑妮尖声叫起来。这个波特莱尔家最小的孩子还只是个婴儿。就像很多婴儿一样，她总是说出让人难以辨识的话来。"过过"的意思可能是："我从来没有吃过薄荷糖，因为我可能跟哥哥、姐姐一样，也有过敏症！"不过，这也很难说，因为她的意思也可能是："希望我可以咬一口薄荷糖，因为我喜欢用锐利的四颗门牙咬东西，但是我可不想过敏。"

"你们可以在坐车到安惠赛太太家的路上吃。"波先生一边说着，一边往白手帕里咳嗽。波先生总是一副伤风感冒的样子，孩子们已经习惯听他一面干咳、一面气喘吁吁地说话："安惠赛太太说，她很抱歉不能到码头来跟你们会面，因为她很怕这里。"

"她为什么会怕码头呢？"克劳斯说着看看四周，只是些木头堤防和帆船罢了。

"她怕所有跟断肠湖有关的东西，"波先生说，"不过她并没有说明原因，也许和她丈夫的死有关。你们的约瑟芬姑妈——她其实不算是你们的姑妈，她是你们第二个表哥

的小姨子，不过她希望你们叫她约瑟芬姑妈——你们的约瑟芬姑妈最近才死了丈夫，可能是在一场船难中淹死的。不过，问她为什么成了遗孀可能不太礼貌。好了，我要把你们送上出租车了。"

"那个词儿是什么意思？"奥薇特问。

波先生看着奥薇特，扬起他的眉毛。"我真惊讶啊！奥薇特，"波先生说，"像你这个年龄的女孩儿，应该知道出租车就是一种车子，只要你付钱，它就会把你载到任何你想去的地方。好了，带着你们的行李，我们要到路边去。"

"遗孀，"克劳斯在奥薇特的耳边说，"就是寡妇。"

"谢谢！"奥薇特小声说，同时一手提起自己的行李，一手抱起桑妮。波先生扬起手中的白手帕，招来一辆出租车。一转眼，出租车司机已经把他们的行李全装进了后备厢，波先生也把孩子们塞进车子后座。

"我要在这里跟你们道别了，"波先生说，"银行已经开始营业，如果我送你们过去，今天就别想做事了。替我问候你们的约瑟芬姑妈，告诉她我会定期和她保持联系。"波先生停了一下，往白手帕里咳了咳，然后继续说："你们的约瑟芬姑妈对于家里将有三个孩子感到有点儿焦虑，不过我跟她保证，你们三个都很懂规矩。你们要注意自己的言行，这一次我想不会有什么差错了。不过，如果有什么问题，你们可以打电话或传真到银行找我。"

当波先生说到"这一次"的时候，别具深意地看了孩子们一眼，仿佛可怜的蒙叔叔的死是他们的错似的。然而，孩子们对于即将和新的监护人会面感到无比焦虑，所以除了"再见"之外，实在无暇多说什么。

"再见。"奥薇特说着，把薄荷糖放进口袋里。

"再见。"克劳斯说完，回头看了达摩克利斯码头一眼。

"见见。"桑妮咬着安全带环扣说。

"再见了，"波先生说，"祝你们好运，我会尽可能想着你们。"

波先生塞了一些钱给出租车司机，并向孩子们挥手道别。出租车驶离码头，开上了一条灰扑扑的鹅卵石道路。他们经过了一家杂货铺，店门口摆着一桶桶柠檬和甜菜；一家看似正在装修中的服装店，叫做"瞧！合身！"；还有一家窗口挂着霓虹灯和气球，外观不堪入目的餐厅，叫做"焦虑小丑"。不过，更多的是连门都没开的店家，窗户和门口都封着木板或金属格板。

"这个城镇好像不怎么热闹，"克劳斯评论道，"我还希望我们能在这儿认识些朋友呢！"

鬼魅的大窗子

"现在是淡季，"出租车司机说，他是个瘦小的男人，嘴里叼着一根细瘦的烟，从后视镜中看着孩子们，"断肠湖小镇是度假胜地，天气好的时候，这里可热闹了。不过现在，这里就像我早上辗过的那只猫那样，一副死样子。要交新朋友啊，可得等到天气好点儿喽。说到天气，赫门飓风可能会在这星期或最近几天到达这里，你们最好趁早在家里准备点食物。"

"湖里也会有飓风吗？"克劳斯问，"我以为飓风只会出现在靠海的地方。"

"是个和断肠湖一样大的雨团，"司机说，"所以什么事都有可能发生。说真格的，我还挺担心你们住在山顶上的。暴风雨一旦来袭，想要一路开下山到城里，可就难了。"

奥薇特、克劳斯和桑妮望向窗外，他们马上就明白了司机说的"一路开下山"是什么意思了。车子转了最后一个弯，爬上了凹凸不平、又高又陡的山丘顶端，而城镇已经远在山脚下了。鹅卵石街道就像一条细长的灰蛇，蜿蜒环绕着房舍；斑斑点点像蚂蚁似的熙攘人群，聚集在达摩克利斯码头的小广场上。码头外，断肠湖浓得像墨汁一般，深黑而无边际的湖水，就像是庞然怪兽投下的巨大影子。孩子们神情恍惚地看着湖面好一会儿，仿佛被这庞大的景象震慑住了。

"这个湖好大啊!"克劳斯说,"而且看起来很深。我可以理解为什么约瑟芬姑妈会怕它了。"

"住在山上的那位女士怕这个湖吗?"出租车司机问。

"别人是这么告诉我们的。"奥薇特说。

司机摇摇头,把车子停下来:"如果她连这个湖都会怕,那我可就不知道她怎么能够忍受它了。"

"您是什么意思?"奥薇特问。

"怎么,你们没来过这房子?"司机问。

"没有,从来没来过,"克劳斯回答,"我们从来没见过约瑟芬姑妈。"

"好吧!如果你们的约瑟芬姑妈怕水,"司机说,"我还真搞不懂她怎么会住在这个房子里。"

"您到底在说些什么啊?"克劳斯问。

"你们自己看!"司机说着,走出车子。

孩子们照着他的话往房子看过去。首先,映入眼帘的是一个小方盒子般的屋子,有一片薄薄的白色门板,看起来似乎不比这辆出租车大多少。但是,当他们爬出车外,仔细再看的时候,他们发现,位于山丘最顶端的这个小方盒子,不过只是这房子的一部分而已,其他的部分——

大堆方盒子黏在一起，就像大冰块似的——挂在四周，用长长的金属梁柱抓住山丘，看起来就像是蜘蛛脚一般。孩子们凝视着他们的新家，感觉到这房子似乎正死命地抓住山丘不放。

出租车司机拿出他们的行李，把他们带到白色门板前面，然后一边按着喇叭跟他们道别，一边开下山去。白色门板打开了，发出轻轻的嘎吱声，门后出现了一个脸色苍白的女人，头上顶着一团白发髻。

"嗨！"女人开口了，笑得有点儿勉强，"我是你们的约瑟芬姑妈。"

"嗨！"奥薇特小心地回应，走向他们的新监护人。克劳斯跟着向前，桑妮也跟在后面向前爬去。三个孩子都小心翼翼，生怕自己的重量会压垮了这栋房子。孤儿们开始觉得疑惑，既然这位女士这么害怕断肠湖，怎么还敢住在看起来几乎要掉进湖底深处的房子里？

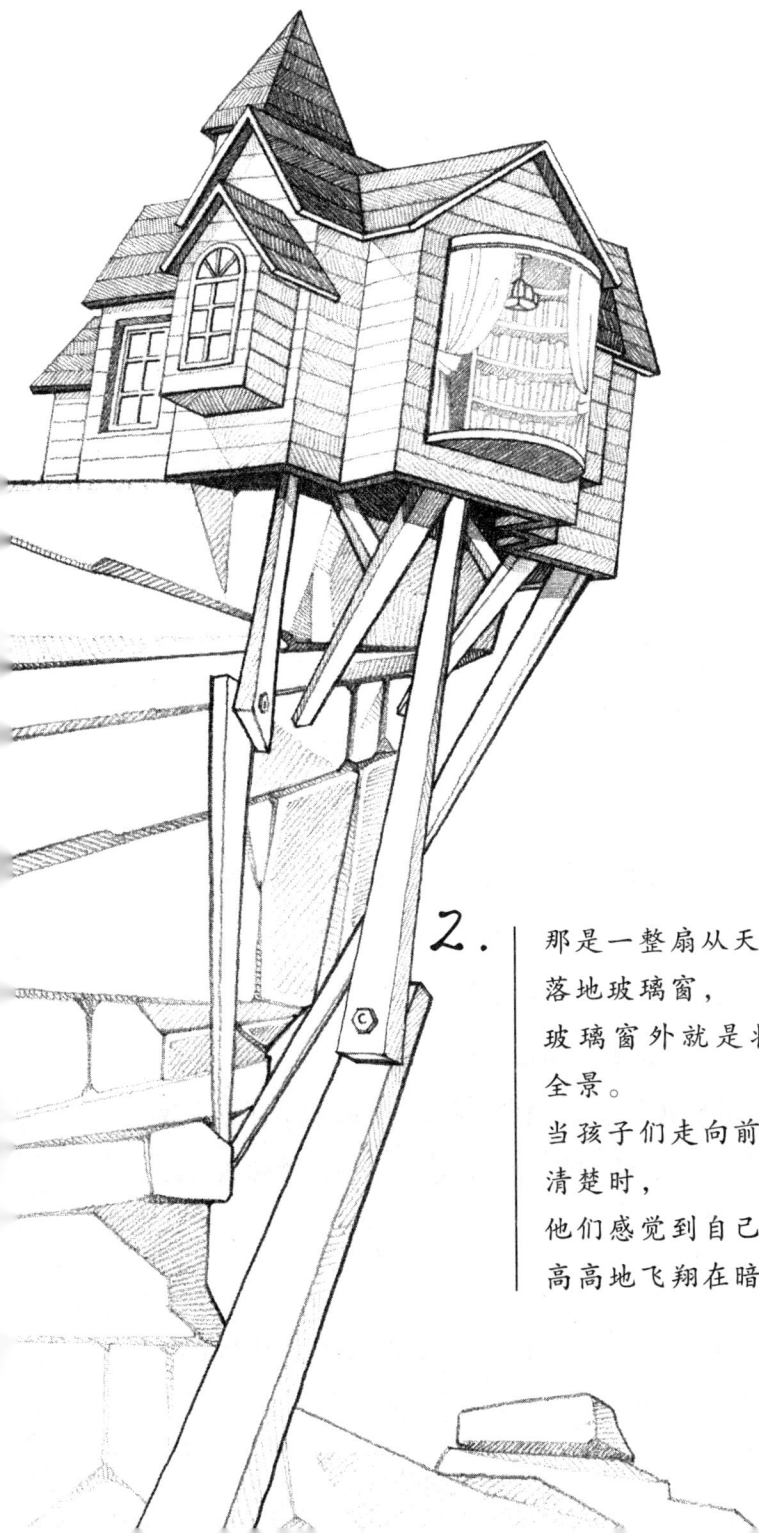

2.

那是一整扇从天花板到地板的
落地玻璃窗，
玻璃窗外就是壮观的断肠湖
全景。
当孩子们走向前去，想看得更
清楚时，
他们感觉到自己仿佛正
高高地飞翔在暗黑的湖面上。

约瑟芬姑妈用她毫无血色的细瘦手指指向暖气机，说："这是暖气。不过，请别碰它。你们可能会觉得很冷，我从来都不开暖气的，因为我怕它会爆炸，所以晚上经常会很冷。"

奥薇特和克劳斯很快地互相看了一眼，桑妮则看着他们两个。约瑟芬姑妈带着他们在家里走了一圈，每样东西似乎都令她感到害怕，从门口的踏脚垫——姑妈说，它会让人滑倒，摔断脖子——到起居室的沙发，姑妈说它随时有可能倒下来把人压扁。

"这是电话，"姑妈指着电话说，"只有在紧急的时候才能用，因为有触电的危险。"

"其实，"克劳斯说，"我读过很多跟电力有关的书，我确定电话是很安全的。"

似乎有什么东西跳到她头顶上，约瑟芬姑妈用手拍拍她的白头发。"你不能完全相信你读过的东西。"她说。

"我以前组装过电话，"奥薇特说，"如果您不介意，我可以把电话拆开来，让您看看它的运作原理，这样您可能会觉得好一点。"

"我可不这么认为。"姑妈皱皱眉头。

"电电！"桑妮也提供意见了，意思可能是："如果您不

介意，我也可以咬咬电话，让您看看电话是不会害人的。"

"电电？"约瑟芬姑妈弯下腰，从褪色的花地毯上捡起一根线头，问道，"你说'电电'是什么意思？我自认为是个语文专家，可是从来不知道'电电'是什么意思。她说的是哪一国的语言啊？"

"桑妮话说得还不流畅，"克劳斯把小妹妹抱起来，说，"大部分只是牙牙学语罢了。"

"咕噜！"桑妮叫起来，意思差不多是："我抗议你说我在牙牙学语。"

"我得好好教她正确的说法，"约瑟芬姑妈固执地说，"我很确定你们都需要重新学习语法。语法是生活中最大的乐趣，你们有没有发现呢？"

三个孩子面面相觑。奥薇特更想说的是，发明才是生活中最大的乐趣；克劳斯觉得阅读才是；而桑妮无疑觉得咬东西才是最愉快的。波特莱尔家的孩子们一想到语法——那些如何说和如何写的规则——就像他们想到香蕉面包一样，好是好，可是也没什么好小题大做的。不过，再跟姑妈唱反调可就太无理了。

"是的！"奥薇特终于说，"我们向来都很喜欢语法。"

姑妈点点头，给孩子们一个小小的微笑："好了，我带你们去看看你们的房间，剩下的地方我们晚餐之后再参观。当你们开门的时候，只要推一下这块木板就好了，千万不要使用门把。我总是担心它会碎成几万片，其中一片一定会打中我的眼睛。"

孩子们开始担心，大概这栋房子里的所有东西他们都别想碰，不过他们还是以微笑来回报姑妈。轻轻推开房门，里面是一个光线充足的大房间，墙壁纯白，地板上铺着蓝色的地毯。有两张大床，还有一张显然是为桑妮准备的婴儿床，床上都铺着蓝色的床罩，每张床底下都有一个可以放东西的箱子。房间的另一角有个大衣柜，一扇小窗，以及一堆不大不小的锡罐，看起来没什么明显的用处。

"我很抱歉，你们三个得挤在一个房间里，"约瑟芬姑妈说，"这房子不怎么大，不过，我会尽量提供你们所有的必需品，希望你们住得舒服。"

"我们会的，"奥薇特说着把行李提进房间里，"姑妈，非常感谢您！"

"你们每个人的箱子里都有一份礼物。"姑妈说。

礼物？波特莱尔家的孩子们已经很久、很久没有收到礼物了。约瑟芬姑妈走向第一个箱子，打开它。"这是给奥薇特的，"她说，"是一个可爱的新洋娃娃，有全套的衣

物可以让她换装。"姑妈把手伸进箱子里，拿出一个塑料娃娃，它有小巧的嘴和大而明亮的眼睛。"是不是很可爱啊？她的名字叫做漂亮潘妮。"

"哦，谢谢！"奥薇特说。十四岁还玩洋娃娃似乎有点太幼稚了，而且她从来就不是特别喜欢洋娃娃。奥薇特硬是挤出一个微笑，从姑妈手中接过洋娃娃，轻轻拍拍它的塑料脑袋。

"给克劳斯的，"姑妈说，"是一组火车模型。"她打开第二个箱子，拿出一辆小火车。"你可以在房间的空角落里组合轨道。"

"多好玩啊！"克劳斯试着表现出兴奋的样子。他从来没有喜欢过火车模型，因为你必须把一大堆东西组合在一起，而后它只会没完没了地一直绕圈圈。

"给小桑妮的，"姑妈说着，把手伸进婴儿床下的小箱子，"是一个拨浪鼓。桑妮，你看，它会发出声音呢！"

桑妮对着约瑟芬姑妈微笑，露出她尖尖的小牙齿。不过，她的哥哥和姐姐都知道，桑妮最讨厌拨浪鼓了，尤其是只要一摇它，就会发出令人厌烦的噪音。桑妮很小的时候就有一个拨浪鼓，那是唯一一样被大火烧掉，她也不觉得可惜的东西。

"您真是太好了！"奥薇特说，"给我们这些礼物。"她很有礼貌，没有说他们其实并不太喜欢这些东西。

"我很高兴你们住在这里，"约瑟芬姑妈说，"我非常喜欢语法，也很期待跟你们这三个可爱的孩子分享我对语法的兴趣。好了，我给你们一点时间安顿一下，然后我们就要吃晚餐了。待会儿见。"

"约瑟芬姑妈，"克劳斯问，"这些锡罐子是做什么用的？"

"那些罐子？是为了防夜贼，"约瑟芬姑妈说着用手拨拨头上的发髻，"你们一定跟我一样害怕盗贼吧。所以，每个晚上，都要把这些锡罐子排放在门口，如果有盗贼进来，一定会碰倒罐子，你们就会醒过来。"

"可是当我们醒过来时，却发现跟暴徒在同一个房间里，那时候我们又该怎么办呢？"奥薇特说，"我宁愿我是睡着的。"

约瑟芬姑妈的眼睛因为恐惧而瞪得好大。"暴徒？"她说，"暴徒？你为什么要提到暴徒呢？我们已经够害怕了，你还要让我们更加恐惧吗？"

"当……当然不是，"奥薇特结结巴巴地说，她没有继续解释，是姑妈自己先提起这件事的，"对不起，我不是故

意要吓您的。"

"好了，我们不要再说这件事了，"姑妈紧张兮兮地盯着锡罐子，好像真的有个盗贼在这一刻打翻了那些罐子，"几分钟之后，我们在餐厅见。"

他们的新监护人关上门之后，波特莱尔家的孤儿们听着她的脚步声远了，才终于敢开口说话。

"桑妮可以拥有这个漂亮潘妮，"奥薇特说着把洋娃娃拿给妹妹，"我想，塑料应该是硬得够她咬了。"

"奥薇特，火车模型给你，"克劳斯说，"或许你可以把引擎拆开来，发明些别的东西。"

"可是剩下拨浪鼓给你，"奥薇特说，"好像有点儿不公平。"

"平平！"桑妮说，意思可能是："我们的日子已经很久都没什么公平的事了。"

孩子们你看看我，我看看你，都露出一丝苦笑。桑妮说得没错，他们失去了双亲，这可一点也不公平；那恶心又邪恶的欧拉夫伯爵不停地纠缠他们，一心只想夺取他们的财产，这又何尝公平；不论他们搬到哪个亲戚家，不幸的事件总是跟着他们，波特莱尔家的孤儿们就像乘着恐怖汽车而来，停靠的不是倒霉站，就是不幸站，这更是不公平。当然，在这个新家，克劳斯只有一个可怜的拨浪鼓可玩，这就更不公平了。

"约瑟芬姑妈显然是花了许多心思为我们准备这个房间，"奥薇特悲伤地说，"她看起来是个心肠不错的人，我们实在不该再抱怨了。"

"说得是，"克劳斯说着，捡起他的拨浪鼓，轻轻一摇，"我们不该再抱怨。"

"耶！"桑妮也附和着，她的意思应该是："你们两个都说得对！我们不该再抱怨。"

克劳斯走向窗口。窗外的风景就像蒙上了一层薄黑纱，太阳即将隐没在墨黑的断肠湖中。夜晚的冷风徐徐吹起，即使是隔着一层玻璃窗，克劳斯仍然可以感受到一股凉意。"可我还是想抱怨。"克劳斯说。

"上桌吧！"约瑟芬姑妈的声音从厨房传过来，"过来吃晚餐了！"

奥薇特把手搭在克劳斯的肩上，轻轻捏捏他，给他一点安慰。三个孩子什么话也没有说，默默地穿过走道，往餐厅走去。约瑟芬姑妈已经在桌边准备好了四个座位，其中一个铺着大椅垫，是桑妮的位子。同样的，这个房间的角落里也堆了一些锡罐子，以防有强盗想来抢他们的晚餐。

"通常，当然，"约瑟芬姑妈说，"'上桌'是开饭的习惯说法，并不是叫你们真的爬到桌上去。好了，我们开动吧！我还准备了汤。"

"太好了，"奥薇特说，"在寒冷的夜晚喝一碗热汤是最棒的了！"

"事实上，汤不是热的，"约瑟芬姑妈说，"我从来不煮热东西，因为我怕炉子会着火，所以从来没使用过它。我准备了凉黄瓜汤。"

波特莱尔家的孩子们互看一眼，试图掩饰他们的沮丧。你可能不知道，凉黄瓜汤这道美味最适合在大热天里享用，我自己就曾经在埃及一位耍蛇的朋友家中享用过凉黄瓜汤。做得好的凉黄瓜汤，有一种凉爽的薄荷味，清凉可口，就像在喝冰品一般。然而，大冷天中，在这个通风良好的房间里，凉黄瓜汤就像是在狂欢斋戒日里来了一群黄蜂般不受欢迎。三个孩子默默地就座，强迫自己吞下冰凉凉、黏糊糊的黄瓜汤。四周一片死寂，唯一的声响，是桑妮吃着她冰凉的晚餐时，门牙轻碰汤匙的喀喀声。我想你应该知道，用餐时如果没有人谈话，这顿饭可就仿佛有一个世纪那么长了。所以，当约瑟芬姑妈再次开口的时候，感觉就像隔了几小时那么久。

"我和我亲爱的丈夫没有孩子,"她说,"因为我们都怕有孩子。不过我希望你们知道,我很高兴你们来到这里。独自住在这个山丘上,我经常感到非常孤独,所以当波先生写信告诉我你们的状况时,我就想,我不希望你们像我一样孤独无依。我是说,在我失去了我亲爱的伊克之后。"

"伊克就是您的丈夫吗?"奥薇特问。

约瑟芬姑妈笑了,但是她没有看着奥薇特,仿佛她并非在跟孩子们说话,而是在跟自己对话。"是的,"她说,声音似乎来自遥远的地方,"他是我的丈夫,但他不只如此,他还是我最好的朋友、我语法上的好伙伴,而且他是我所知道的唯一一个嘴里吃着饼干还能吹口哨的人。"

"我们的妈妈也会这一招!"克劳斯微笑着说,"她最拿手的曲子是莫扎特的第十四号交响曲。"

"伊克最拿手的是贝多芬的第四号四重奏,"约瑟芬姑妈说,"显然这是家族的特点。"

"真可惜,我们没有机会见到他,"奥薇特说,"他似乎是个很棒的人呢!"

"他是很棒,"约瑟芬姑妈搅动着她的汤,并吹了吹,即使汤已经跟冰一样冷了,"他死的时候,我真是难过极了,仿佛一下子失去了生命中最特别的两样东西。"

"两样东西?"奥薇特问,"为什么是两样东西?"

"我失去了伊克,"姑妈说,"也失去了断肠湖。当然,我的意思不是真的失去了它,因为它还是在山谷底下。然而,我是在湖滨长大的,我以前每天都会去湖里游泳。哪儿是沙滩,哪儿是岩石,我都了如指掌。我还知道湖里的每一个小岛和岸边的每一个洞穴,断肠湖就像是我的朋友一般。但是,自从它把伊克从我身边带走之后,我就再也不敢接近它了。我不再去游泳,也不再到湖边去了。我甚至把所有关于断肠湖的书都收起来了。我顶多只能从图书室的落地窗遥望它。"

"图书室?"克劳斯眼睛一亮,"您有一个图书室?"

"当然,"约瑟芬姑妈说,"否则我那些语法书摆在哪里呢?等你们把汤喝完,我再带你们去图书室看看。"

"我喝不下了。"奥薇特诚实地说。

"对对!"桑妮也叫着同意。

"不对,不对!桑妮,"姑妈说,"'对对'在语法上是不通的,你应该说'我也已经吃完我的晚餐了'。"

"对对!"桑妮坚定地说。

"我的天啊!你真的应该上上语法课,"约瑟芬姑妈说,"来吧,孩子们!看来我们更应该到图书室去了。"

丢下还剩半碗的汤，孩子们跟着约瑟芬姑妈沿着走廊往前走，非常小心地不碰到任何门把。到了走廊的尽头，约瑟芬姑妈停下脚步，打开一扇看起来极普通的门，但是当孩子们走进门内后，看到的是一个非常独特的房间。

这个房间完全不像其他的房间，既不是正方形，也不是长方形，而是椭圆形的。其中一面弧形的墙上全部都是书，一排、一排又一排的书，而且每一本都是语法书。一列沿着墙壁的弧度定做的木质书架上，摆了一整套名词大百科；一列发亮的金属书架上，放了许多非常厚重的关于动词历史的书；还有一个玻璃橱柜里放着形容词使用手册，看起来简直就像是书店里卖的，而不像是家里的藏书。房间中央摆了几张看起来很舒适的椅子，每一张都配了小脚凳，让人可以在看书的时候把脚放上去。

不过，在房间最里面的另一片弧形墙面，却深深地吸引了孩子们的注意。那是一整扇从天花板到地板的落地玻璃窗，玻璃窗外就是壮观的断肠湖全景。当孩子们走向前去，想看得更清楚时，他们感觉到自己仿佛正高高地飞翔在暗黑的湖面上。

"这是我唯一能够面对断肠湖的地方，"约瑟芬姑妈平静地说，"远远地看着它。如果再靠近一点，我便会想起我

和亲爱的伊克最后一次在湖滨的野餐。我警告他吃完东西一个小时之后才可以下水，可是他只等了四十五分钟，他以为那样就够了。"

"他是不是抽筋了？"克劳斯问，"如果吃完东西没有等一个小时再游泳，就可能会发生抽筋的情况。"

"那是其中一个原因，"姑妈说，"但是在断肠湖，还有另一个原因。如果吃完东西没有等一个小时就下水，湖里的水蛭闻到你身上有食物的味道，就会跑来吸住你。"

"水蛭？"奥薇特问。

"水蛭，"克劳斯解释，"就是一种小虫，它们生活在水里，没有视觉。它们会吸附在你的皮肤上，吸你的血液，喂饱自己。"

奥薇特颤抖着说："真是太可怕了！"

"哇呜！"桑妮尖声大叫。她想说的可能是："为什么你会在一个到处都是水蛭的湖里游泳呢？"

"断肠湖的水蛭，"姑妈说，"跟一般的水蛭很不一样。它们有六排非常尖锐的牙齿，还有灵敏的鼻子，可以闻到极少量食物的味道，即使在很远、很远的地方。通常情况下，断肠湖的水蛭没什么危险，它们只会吸附在小鱼的身上，但是如果它们闻到人类身上的食物味，就会围上他，然后，然后……"泪水从约瑟芬姑妈的眼里涌出，她掏出一条粉红色的手帕，轻轻抹去泪水，"对不起，孩子们。这并非是语法上的正确用法，一个句子是不应该用'然后'结束的，可是我一想到伊克，就感到很伤心，我无法谈论他的死。"

"对不起，我们提起了这件事，"克劳斯很快地说，"我们不是故意要让您伤心的。"

"没关系，"约瑟芬姑妈擤擤鼻子说，"只是我宁愿以别的方式来怀念伊克。伊克向来喜欢阳光，不论他现在身在何处，我总是喜欢想象那里一定是阳光普照。当然了，没有人知道死后的事，不过，想着我的丈夫正在某个充满阳光的地方总是好的。你们不觉得吗？"

"是，我同意，"奥薇特咽了一口唾液，接着说，"这样更好。"她还想跟姑妈说点别的，不过如果你只认识某个人几小时，实在很难知道她喜欢听些什么。"约瑟芬姑妈，"她羞怯地说，"您想过搬到别的地方去吗？或许住得离断肠湖远远的，您会舒服些。"

"我们都会跟着您去。"克劳斯叫起来。

"唉，我永远都不会卖掉这栋房子，"姑妈说，"我怕极了房地产经纪人。"

鬼魅的大窗子

波特莱尔三姐弟偷偷地看了彼此一眼，他们从来没听说过有人会害怕房地产经纪人。

恐惧有两种：理性的和非理性的。或者，更简单地说：有道理的和没道理的。举例来说，波特莱尔家的孤儿们害怕欧拉夫伯爵就完全是有理由的，因为他是一个邪恶的家伙，他想毁了他们。而如果有人害怕的是柠檬派，那么就是非理性的，因为柠檬派不但美味可口，更不会伤害任何人。害怕床底下的怪兽，绝对是百分之一百的理性，因为床底下的怪兽随时都会跳出来把所有人吃掉。然而，害怕房地产经纪人，就肯定是非理性的了。我相信你很清楚，房地产经纪人不过就是一个负责房屋买卖的人罢了，除了他们偶尔会穿着奇丑无比的黄色外套之外，最糟的也不过就是带你去看一栋丑房子。总归一句话，害怕房地产经纪人无疑是一种非理性的举动。

奥薇特、克劳斯和桑妮俯视着深黑色的湖水，想象即将与约瑟芬姑妈共度的新生活，感到一股莫名的恐惧。即使是全世界最权威的恐惧专家，也很难判断这种恐惧到底是理性的，还是非理性的。波特莱尔家的孩子们害怕的是，不幸恐怕不久就会降临到他们身上。一方面，这是一种非理性的恐惧，因为约瑟芬姑妈看起来似乎不像是个坏人；

但另一方面，孩子们之前经历过太多可怕的事情，隐约感觉到灾难就躲藏在身边不远的角落里，所以这种恐惧似乎又是理性的。

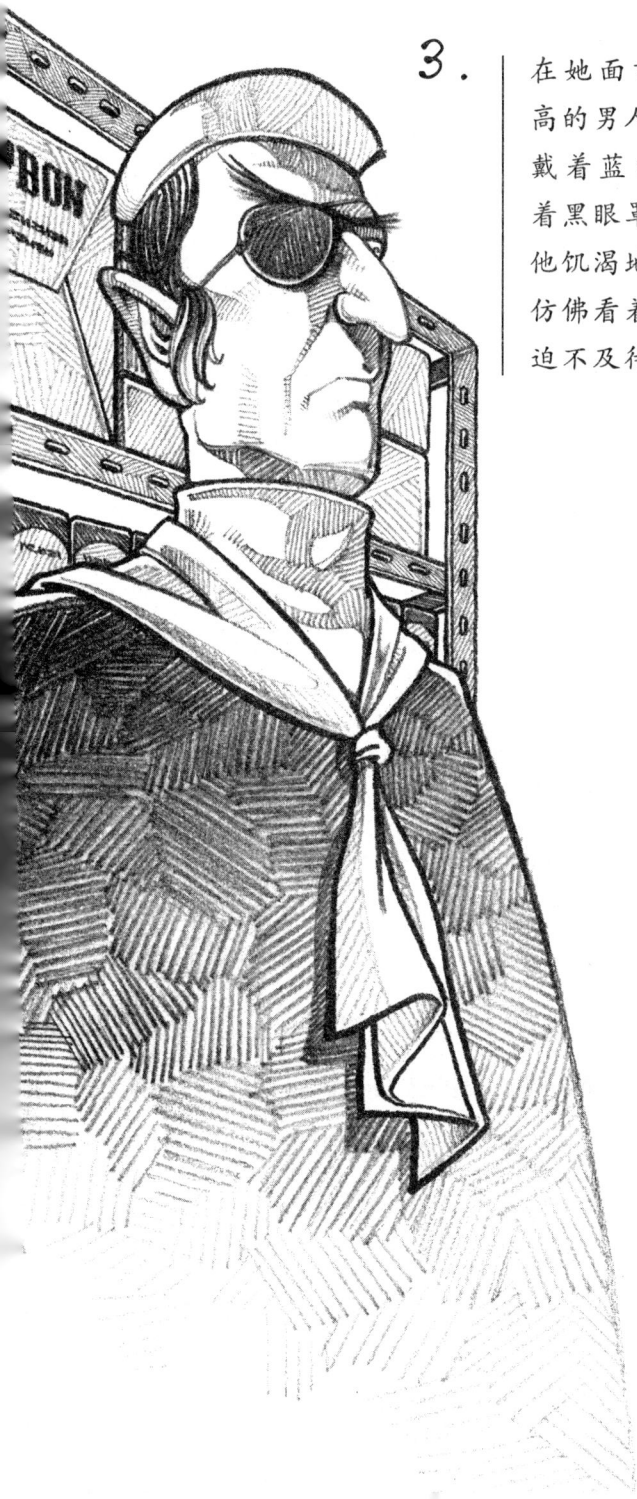

3. 在她面前，站着一个又瘦又
高的男人，
戴着蓝色的水手帽，左眼戴
着黑眼罩。
他饥渴地看着奥薇特，
仿佛看着一份生日礼物，
迫不及待地要撕开它。

有一种看待生命的态度，叫做"看开一点"。简单地说，就是"把此刻发生在自己身上的事情，拿来和发生在别的时间，或别的人身上的事相比较，借此让自己感到好过一些"。譬如，如果你对于鼻头上那颗恶心的痘子感到沮丧，那么你可能就需要试着"看开一点"。你不妨把长痘子这种状况拿来和那些被熊吃掉的人相比，然后，当你照镜子，看到那颗丑陋的痘子时，你可以对自己说："好吧，至少我没有被熊吃掉。"

然而，你马上就会发现，"看开一点"这招其实很不管用。因为当你盯着自己的痘子看的时候，实在很难专注地去想有人被熊吃掉这码子事。这几天，波特莱尔家的孤儿们一直抱着这种态度在生活。早上，当孩子们和约瑟芬姑妈一起吃着冷面包加橙汁的早餐时，奥薇特便对自己说："好吧，至少我们没有被迫替欧拉夫伯爵那个恶心的剧团煮饭。"到了下午，当约瑟芬姑妈带他们到图书室去，教他们一堆语法的时候，克劳斯便在心里这么告诉自己："好吧，至少欧拉夫伯爵不能把我们带到秘鲁去。"晚上，当孩子们和约瑟芬姑妈一起吃着冷面包配橙汁的晚餐时，桑妮便告诉自己："去！"意思应该就是："好吧，至少这里没有欧拉夫伯爵的标志。"

鬼魅的大窗子

　　但是，不论三个孩子如何把过去发生在他们身上的悲惨事件，拿来和住在约瑟芬姑妈家里相比，仍然无法对现状感到满意。闲暇的时候，奥薇特会把火车模型的齿轮、开关全部拆开来，希望能够发明出一种可以加热食物，却不会吓坏姑妈的东西来。可是她多么希望事情能够简单一点，只要姑妈愿意把炉子打开，不就好了嘛！克劳斯会坐在图书室里，把脚放在脚凳上，读着语法书，直到日落西山。但是当他望着阴郁的湖面时，便无法克制地想着，如果他们现在还是跟蒙叔叔和他那些爬行动物们住在一起就好了。至于桑妮，则不时抽空咬一咬漂亮潘妮的头，但也不免会妄想，如果爸爸、妈妈还活着就好了，那样她就可以安全地和姐姐、哥哥在波特莱尔家的大宅院里玩闹。

　　约瑟芬姑妈似乎很少出门，因为外面有太多事情让她害怕了。不过，有一天，当孩子们告诉姑妈，出租车司机说赫门飓风即将来袭的时候，姑妈终于同意带他们到城里去采买一些杂货。约瑟芬姑妈不敢开车，因为怕车门会卡住，把她关在车子里，所以他们走了好长的路下山去。当波特莱尔家的孩子们终于来到市场的时候，腿都走酸了。

　　"您确定不要我们帮你煮东西吗？"当约瑟芬姑妈挑着桶子里的柠檬时，奥薇特问，"我们跟欧拉夫伯爵住的时候，学会了做酱汁通心粉，很简单，而且绝对安全。"

约瑟芬姑妈摇摇头说："帮你们做饭是我这个监护人的责任，况且我也很想试试这道冷柠檬食谱。欧拉夫伯爵听起来确实很邪恶，竟然叫小孩子靠近炉火！"

"他对我们很冷酷，"克劳斯同意，但是他没有继续指控说，跟欧拉夫伯爵住在一起时，被强迫煮东西还算是好的，"有时候我还会做噩梦，梦到他脚踝上那个可怕的刺青，它让我害怕极了。"

约瑟芬姑妈皱着眉头，轻轻拍拍她的圆发髻。"你恐怕犯了一个语法上的错误，克劳斯，"她严厉地说，"当你说'它让我害怕极了'，听起来好像是他的脚踝让你害怕极了，但你实际指的是他的刺青，所以你应该说'那个刺青让我害怕极了'。你懂吗？"

"是的，我懂了，"克劳斯叹着气说，"谢谢您指出我的错误，约瑟芬姑妈。"

"哦呜！"桑妮发出了尖叫声，她的意思可能是："克劳斯在说让他沮丧的事情时，纠正他的语法错误实在不太好。"

"不对，不对，桑妮，"约瑟芬把眼睛从她的购物清单上抬起来，坚决地说，"'哦呜'不是一个词。记得我们说

过要使用正确的说法，对不对？奥薇特，你可不可以去挑
一些黄瓜？我下星期还想再做次凉黄瓜汤。"

　　奥薇特在心里呻吟着，这呻吟意味着"没有什么比另
一顿冰冷的晚餐更让人失望的了"，不过她还是对姑妈笑了
笑，然后低头走向市场的一条过道，去寻找黄瓜。她渴望
地看着架子上各式各样的东西，只要打开炉子，就可以将
这些东西做成美味的饭菜。奥薇特希望有一天她可以利用
她从火车模型研究出来的发明，为约瑟芬姑妈和弟弟妹妹
们煮一顿可口的热食。奥薇特完全沉浸在她发明的想法里，
没有留意来路，直到她撞上了什么人。

　　"对不起……"奥薇特开口，可是当她抬头一看，便再
也说不下去了。在她面前，站着一个又瘦又高的男人，戴
着蓝色的水手帽，左眼戴着黑眼罩。他饥渴地看着奥薇特，
仿佛看着一份生日礼物，迫不及待地想要撕开它。他的手
指骨瘦如柴，整个身体怪异地向一侧倾斜地站着，就像约
瑟芬姑妈那栋挂在山丘顶上的房子一般。奥薇特往下一看，
这才知道了原因：原来他的左脚是一根木头义肢，就像大
多数装义肢的人一样，这个人用他另一条好的腿站着，所
以看起来歪向一边。尽管奥薇特以前从来没有见过装义肢
的人，但这并非她无法再说下去的理由。真正的原因是，

她看见了似曾相识的东西——这个人的独眼闪闪发亮，眼睛上只挂着一条长长的眉毛。

当某个人把自己乔装起来，但手法并不高明时，我们可以说他的乔装好像透明的。这意思并不是指这个人披着透明的塑料或玻璃披肩，或者裹着其他透明的东西，而是指别人可以一眼就看穿他的乔装——这种乔装绝对无法愚弄别人，一分钟都不行。当奥薇特看清自己撞上的这个人的时候，她甚至连一秒钟的迟疑都没有，马上便认出他就是欧拉夫伯爵。

"奥薇特，你站在这儿干什么？"约瑟芬姑妈说着，走到她身后，"这一排放的全是需要煮熟的食物，而你知道……"当姑妈看到欧拉夫伯爵时，马上停止说话，那一刻，奥薇特猜想姑妈势必也认出他来了。然而，姑妈随即露出了微笑，奥薇特的希望破灭了。

"嗨！"欧拉夫伯爵对约瑟芬姑妈微笑着说，"我正为了不小心撞到您妹妹，而跟她道歉呢！"

约瑟芬姑妈的脸一下子涨得通红，在她苍白头发的映衬之下更加明显。"哦，不！"她说，此时克劳斯和桑妮也凑上来看看这里发生了什么事，"奥薇特不是我的妹妹，我是她的法定监护人。"

欧拉夫伯爵用一只手拍打自己的脸颊，仿佛听到姑妈说她是牙仙似的。"我真不敢相信啊！"他说，"女士，您看起来实在不像老得可以当别人的法定监护人呢！"

约瑟芬姑妈又脸红了："哟，先生，我一辈子都住在湖边。有人告诉我，这让我看起来比实际年龄年轻很多。"

"我真高兴和一位此地的要人认识，"欧拉夫伯爵用了一个愚蠢的字眼"要人"，他摘下蓝色水手帽，客气地说，"我刚到这个小镇，想在这里做一点新的生意，所以很希望认识本地人。容我跟您自我介绍。"

"克劳斯和我很高兴介绍你，"奥薇特勇气十足地说，"约瑟芬姑妈，这位是欧……"

"不对，不对！奥薇特，"约瑟芬姑妈打断她的话，"注意你的语法，你应该说'克劳斯和我很高兴能够介绍你'，因为你还没有介绍我们呢！"

"可是……"奥薇特想继续说下去。

"小姑娘，"欧拉夫伯爵用他那只锐利的眼睛俯视着她，"你的监护人说得对。在你继续犯错之前，请容我自我介绍。我的名字是讪船长，我在达摩克利斯码头经营出租帆船的生意。很高兴认识您，这位……"

"我是约瑟芬·安惠赛，"约瑟芬姑妈说，"他们是波特莱尔家的奥薇特、克劳斯和小桑妮。"

"小桑妮，"讪船长重复道，听起来像是要吃下她，而不是在跟她打招呼，"很高兴认识你们大家。或许哪一天，我可以带你们乘船到湖上一游。"

"巴！"桑妮尖叫，听起来似乎在说："我宁愿吃泥巴。"

"我们不会跟你去任何地方的。"克劳斯说。

约瑟芬姑妈又尴尬地脸红了，她严厉地看着三个孩子。"孩子们似乎忘了他们的礼貌和语法了，"她说，"请你们马上跟讪船长道歉。"

"他才不是讪船长，"奥薇特失去了耐心，"他是欧拉夫伯爵。"

约瑟芬姑妈倒抽一口气，看看焦虑的波特莱尔家的孩子们，又看看一脸冷静的讪船长。他脸上挂着微笑，但笑容里却悄悄露出一丝痕迹，那就是"当他等着约瑟芬姑妈判断他是否是欧拉夫伯爵的时候，不再那么自信"。

约瑟芬姑妈把他从头到脚打量一番，皱起了眉头。"波先生叫我留意欧拉夫伯爵，"最后，她说，"他也确实说过，孩子们好像不管到哪里都会看见他。"

"我们到处都看见他，"克劳斯疲惫地说，"是因为他根本就阴魂不散。"

"谁是这位欧夫拉伯爵？"讪船长问。

"欧拉夫伯爵，"约瑟芬姑妈说，"是一个可怕的人，他……"

"就是站在我们面前的这个人，"奥薇特替姑妈说完，"我才不在乎他叫什么，他跟欧拉夫伯爵有同样的尖锐眼神，还有同样的单条眉毛……"

"但很多人都有这些特征啊，"约瑟芬姑妈说，"就像我婆婆，她不但只有一条眉毛，还只有一个耳朵呢。"

"刺青！"克劳斯说，"看看他的刺青！欧拉夫伯爵的左脚脚踝有一个眼睛刺青。"

讪船长叹了一口气，然后有点儿困难地把他左腿的义肢举起来，让大家看清楚。那是一根深色的木头，打磨得像他的眼睛那么闪亮，义肢和膝盖的连接处有一个金属接环。"可惜的是，我连左脚脚踝都没有呢！"他用抱怨的语气说，"它被断肠湖的水蛭吃光了。"

约瑟芬姑妈立刻热泪盈眶，她把一只手搭在讪船长的肩膀上。"啊！可怜的人。"她说，孩子们马上便知道他们完蛋了。"你们听到讪船长说的话了吗？"她问孩子们。

奥薇特试着再说一遍，即使知道这可能一点用也没有。"他不是讪船长，"她说，"他是……"

"你们认为，他会让断肠湖的水蛭吃掉他的腿，"姑妈说，"只是为了来跟你们演一出闹剧？告诉我们，讪船长，告诉我们事情是怎么发生的。"

"就在几个星期前，我坐在船上，"讪船长说，"我吃了一些意大利肉酱面，结果洒了一些在腿上。就在我发现之前，水蛭已经吸住了我的腿。"

"我丈夫就是发生了这样的事。"约瑟芬姑妈咬着嘴唇说。波特莱尔家的三个孩子绝望地握紧了拳头，他们知道，意大利肉酱面这些话根本就跟他的名字一样，全都是骗人的，却无法拿出证据来。

"这个，"讪船长从口袋里拿出一张小卡片来，交给约瑟芬姑妈，"请收下我的名片。下回您到城里来，或许我们可以一起喝杯茶。"

"听起来不错，"约瑟芬姑妈说完，开始读他的名片，"'讪船长的帆船。每艘船都是它自己的航程。'哦，船长，您这里犯了一个很严重的语法错误！"

"什么？"讪船长扬起他的眉毛说。

"卡片上说'是它自己的航程'，这样说不通，其实您指的是'有它自己的航程'吧！这种错误很常见，讪船长，却是很可怕的错误。"

　　讪船长的脸色暗沉下来，有那么一刹那，他看起来似乎要举起那根义肢，朝约瑟芬姑妈敲下去。不过，他很快就微笑起来。"谢谢您指出我的错误。"最后他说。

　　"不客气，"约瑟芬姑妈说，"来吧！孩子们！我们要去付账了。希望很快能再见到您，讪船长。"

　　讪船长微笑着挥手道再见，但孩子们看到，他的微笑在约瑟芬姑妈转身之后，马上变成了冷笑。他愚弄了姑妈，他们却一点办法也没有。他们花了一整个下午，背着所有的杂货长途跋涉回到山丘上。然而，沉重的黄瓜和柠檬也远不及孩子们心里的负担重。上山的一整路，约瑟芬姑妈都在说着讪船长，说他是多么好的一个人，她希望还能再见到他。可是，孩子们都知道讪船长就是欧拉夫伯爵，而且知道他有多么可恶，他们只希望这辈子都不要再看到他了。

　　我要很悲伤地说，在故事的这个部分，有一种很恰当的形容词，那就是"随着钩子、渔线和铅锤下沉"。这说法来自于钓鱼界，钩子、渔线和铅锤都是钓鱼竿的一部分，它们通力合作诱惑鱼儿上钩，走向毁灭。如果有人听信了一箩筐的谎言，那么他就会随着钩子、渔线和铅锤下沉，最后发现自己正走向毁灭的结局。约瑟芬姑妈就是这样，她正随着讪船长谎言的钩子、渔线和铅锤下沉，但是，走向毁灭的却是奥薇特、克劳斯和桑妮。他们沉默地爬上山丘，向下望着断肠湖，感到厄运正冰冷地向他们袭来。这让孩子们感到寒冷而失落，仿佛他们并非只是看着幽灵般的湖面，而是掉进了深不见底的湖水中。

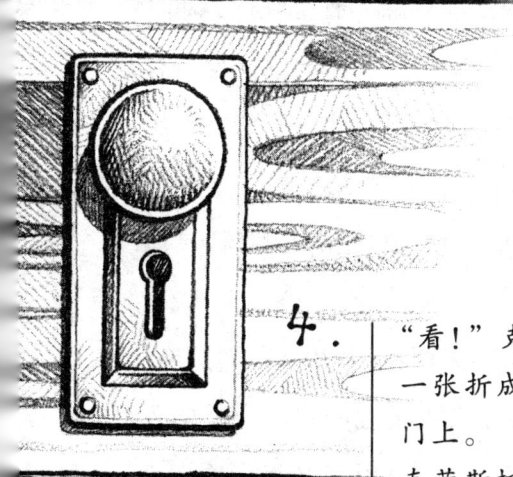

4.

"看!"克劳斯指着门说。

一张折成一半的纸,用图钉钉在木门上。

克劳斯把纸拿下来,打开。

"那是什么?"奥薇特问。桑妮也伸长了脖子要看。

那天晚上，波特莱尔家的孩子们和约瑟芬姑妈坐在餐桌前，冰冷的肚子正消化着他们的晚餐。那冰冷的感觉一半来自于姑妈准备的冰柠檬糊，另一半——很可能超过一半——则来自于欧拉夫伯爵已再度走进了他们的生命中。

"那位讪船长肯定是个不错的人，"约瑟芬姑妈把一口柠檬糊送进嘴里，说，"他一定很寂寞，来到一个新地方，又失去了一条腿。也许我们可以邀他过来吃顿饭。"

"约瑟芬姑妈，我们一直想要告诉您，"奥薇特说，她把柠檬糊在盘子里拨来拨去，假装看起来吃了不少，其实并没有，"他不是讪船长，而是欧拉夫伯爵假扮的。"

"我真是听够了你们这些胡言乱语，"约瑟芬姑妈说，"波先生告诉过我，欧拉夫伯爵的左脚踝上有个刺青，而且两只眼睛上只有一条眉毛。讪船长并没有左脚踝，也只有一只眼睛。我真不敢相信，你们竟敢怀疑这个眼睛有毛病的人。"

"我也有眼睛的毛病，"克劳斯指着自己的眼镜说，"而您也不相信我。"

"如果你不这么莽撞，我会很感谢你。"约瑟芬姑妈说，她用了"莽撞"这个词，来表示"指出我的错误，来让我生气"。"这真是让我非常恼怒，你从今以后必须接受，讪

船长不是欧拉夫伯爵，"她从口袋里掏出名片来，"看看他的名片，上面写着欧拉夫伯爵吗？没有！上面写的是讪船长。这张名片上确实有非常严重的语法错误，但仍然可以证明讪船长就是讪船长。"

约瑟芬姑妈把名片放在餐桌上，波特莱尔家的孩子们看着它叹了一口气。一张名片，当然了，并不能证明什么。任何人都可以走到印刷厂，去印一张他们想说什么都可以的名片。丹麦国王可以去印一张名片，说他卖高尔夫球；你的牙医也可以去印一张名片，说她是你的祖母。我还曾经为了逃出敌人的城堡，去印一堆我是法国海军司令的名片呢！不能因为是印上去的——不论是印在名片上，还是印在报纸或书上——就相信那肯定是真的。三个孤儿非常清楚这个简单的道理，但就是无法说出能够说服约瑟芬姑妈的话来。所以，他们只能看着约瑟芬姑妈，叹着气，沉默地假装吃柠檬糊。

餐桌上一片沉寂，因此当电话铃声响起的时候，每个人——奥薇特、克劳斯、桑妮，甚至约瑟芬姑妈——都吓得跳了起来。"天啊！"约瑟芬姑妈说，"我们该怎么办？"

"喂喂！"桑妮叫道，她的意思应该是："那就去接啊！"

约瑟芬姑妈从餐桌旁站起来，却无法移动半步。电话铃响了第二声。"可能是很重要的电话，"她说，"可我不知道值不值得冒着触电的危险去接。"

"如果这样会让你觉得舒服一点，"奥薇特用餐巾擦擦嘴，说，"我来接电话。"奥薇特站起来，在电话响第三声的时候，走过去把它接了起来。

"喂？"她说。

"是安惠赛太太吗？"一个气喘吁吁的声音问。

"不是，"奥薇特回答，"我是奥薇特·波特莱尔。请问找哪位？"

"叫老太婆过来听电话，孤儿。"那个声音说。奥薇特僵住了，她听出那是讪船长。她迅速地偷看了约瑟芬姑妈一眼，而姑妈正紧张兮兮地看着奥薇特。

"对不起，"奥薇特对着电话说，"你拨错号码了。"

"别跟我耍把戏，你这个可恶的女孩……"讪船长正要继续说下去，奥薇特已经把电话挂掉了。她的心脏怦怦直跳，转身面对约瑟芬姑妈。

"那个人是要找霍普隆舞蹈学校的，"奥薇特迅速扯了一个谎，"我跟他说拨错号码了。"

"你真是个勇敢的女孩，"约瑟芬姑妈嘟囔道，"就这样

把电话接起来。"

"其实这是很安全的。"奥薇特说。

"你难道没有接过电话吗，约瑟芬姑妈？"克劳斯问。

"几乎都是伊克接的，"约瑟芬姑妈说，"他会戴上一种特殊的手套来保证安全。不过现在看到你接电话，我想下次如果有人再打来，我会试试看。"

电话又响了。约瑟芬姑妈再度跳了起来。"我的天啊！"她说，"没想到这么快又响了，真是个充满危险的夜晚啊！"

奥薇特盯着电话，她知道一定又是讪船长打来的。"要不要我再去接？"她问。

"不，不！"约瑟芬姑妈说着站起身来，胆战心惊地朝着电话走去，仿佛它是一条会咬人的大狼狗。"我说过要试试看，我会做到的。"她深吸一口气，伸出颤抖的手，拿起了话筒。

"喂？"她说，"是！我就是。哦！嗨！讪船长，听到您的声音真好。"约瑟芬姑妈听了好一会儿，然后脸色刷地转红了。"您这么说真是太好了，讪船长，可是……啊？什么？好吧！您这么说真是太好了，朱利奥。什么？什么？哦！这主意不错，不过请您等一下！"

约瑟芬姑妈用手把话筒遮起来，对孩子们说："奥薇特、克劳斯、桑妮，回你们房间去。讪船长——就是朱利奥，他要我直接叫他的名字——想给你们一点惊喜，他要跟我讨论讨论。"

"我们不要什么惊喜。"克劳斯说。

"当然要！"约瑟芬姑妈说，"好了，快点走开，我要跟他讨论了，你们不要在这儿偷听。"

"我们没有偷听，"奥薇特说，"我觉得我们待在这里可能更好。"

"你们可能是搞不清楚'偷听'这个词的意思，"约瑟芬姑妈说，"它的意思就是'听到你们不该听的'。如果你们待在这里，就会听到了。请你们回房间去。"

"我们知道偷听的意思。"克劳斯说，不过他还是跟着姐姐和妹妹回房里去了。进了房里，他们沉默地彼此望了一眼，眼里满是绝望。奥薇特把床上她正研究了一半的玩具火车拿开，空出一块地方，三个人并躺在床上，愁眉不展地望着天花板。

"我想我们在这里还是安全的，"奥薇特闷闷地说，"我想，一个连房地产经纪人都会害怕的人，是不可能对欧拉夫伯爵友善的，不论他再怎么伪装。"

"你觉得他真的让水蛭吃掉他的腿，"克劳斯颤抖着说，

"只为了把他的刺青藏起来？"

"恶！"桑妮叫道，可能是说："即使对欧拉夫伯爵那种人来说，那也是不太可能的举动。"

"我跟桑妮想得一样，"奥薇特说，"我认为他说那些关于水蛭的故事，只是想让约瑟芬姑妈同情他。"

"而且真的有效，"克劳斯说着叹了一口气，"自从他告诉她那个可怜的故事之后，她就掉入了他布置的陷阱里了。"

"至少她不像蒙叔叔那么信任他，"奥薇特指出，"蒙叔叔甚至还让欧拉夫伯爵直接住进了家里。"

"至少那时候我们还可以盯住他。"克劳斯回答。

"呕呜！"桑妮说，她的意思应该是："虽然我们还是救不了蒙叔叔。"

"你觉得他这一次会耍什么花招？"奥薇特问，"也许他打算把我们带到他的一艘船上去，然后把我们丢进湖里淹死。"

"或许他想把这整栋房子推到山下去，"克劳斯说，"然后谎称是赫门飓风的杰作。"

"吓呜！"桑妮凄惨地说，意思可能是："也许他要把断肠水蛭放到我们的床上。"

"也许、也许、也许，"奥薇特说，"所有这些'也许'都不能拯救我们。"

"我们可以打电话给波先生，跟他说欧拉夫伯爵在这里，"克劳斯说，"也许他可以来这里把我们带走。"

"那是问题最大的一个'也许'，"奥薇特说，"我们永远无法说服波先生任何事，连亲眼见到欧拉夫伯爵的约瑟芬姑妈都不肯相信我们，更别提波先生了。"

"她甚至不认为她看见了欧拉夫伯爵，"克劳斯悲伤地说，"她觉得她见到的是汕船长。"

桑妮一点、一点地咬着漂亮潘妮的头，嘟嘟囔囔地说："猪猪！"她的意思应该是："你指的是朱利奥。"

"那我就不知道我们还能怎么办了，"克劳斯说，"除了张大我们的眼睛和耳朵。"

"肚嘛。"桑妮也同意。

"你们两个说得没错，"奥薇特说，"我们必须非常小心才行。"

波特莱尔家的孤儿们郑重地点点头，却仍然无法赶走肚子里那一团冰冷。他们都觉得光是小心注意，并不足以抵抗汕船长的诡计，而且，随着时光一点一滴流逝，他们感到更加不安。奥薇特用丝带把头发扎起来，让它不要遮住眼睛，就像她在发明东西时一样。然而，她想了又想，思考了几个钟头，还是无法想出其他的办法来。克劳斯全神贯注地盯着天花板，好像那上面写了什么有趣的文字似的，但是，时间愈来愈晚了，他却什么也没有想出来。而桑妮不断地啃着漂亮潘妮的头，可不论她咬了多久，还是想不出能够减轻他们忧虑的办法来。

我有一个叫做苏琴娜的朋友，是个社会学家，她最喜欢说的话就是："等马儿都跑了，人才会想起把马房锁起来。"这句话的意思，简单地说就是，有时最好的计划非要等到一切都来不及了，才会出现。我很遗憾地说，波特莱尔家孩子们的情况正是这样。他们忧虑了好几个小时，这时，却突然听到一声玻璃破碎的巨响。他们马上就明白这个盯住讪船长的计划还不够完善。

"那是什么声音？"奥薇特说着从床上爬起来。

"听起来好像是玻璃破裂的声音。"克劳斯担心地走向卧室的门口。

"破破！"桑妮尖声叫起来，不过她的哥哥、姐姐已经没有时间去猜她的意思了，因为他们全都急忙往走廊冲出去。

"约瑟芬姑妈！约瑟芬姑妈！"奥薇特叫着，却没有任何回应。她看看走廊上下，一切都静悄悄的。"约瑟芬姑妈！"她再次大叫。奥薇特领着弟弟妹妹们跑进餐厅，然而，他们的监护人并不在里面。桌上的蜡烛还亮着，摇曳的烛光照着名片和几碗冷柠檬糊。

"约瑟芬姑妈！"奥薇特呼喊道。孩子们迅速跑回走廊，往图书室跑去。奥薇特跑着，脑子却不禁想起那个悲剧降临的早上，他们是如何呼喊着蒙叔叔的名字。"约瑟芬姑妈！"她叫着，"约瑟芬姑妈！"她无法不想起每个做噩梦的夜晚，半夜从睡梦中惊醒，呼喊着双亲的名字；梦中，她总会看到那场大火夺去父母亲的生命。"约瑟芬姑妈！"她轻碰图书室的门，叫道。奥薇特多么害怕约瑟芬姑妈再也听不到她喊她的名字。

"看！"克劳斯指着门说。一张折成一半的纸，用图钉钉在木门上。克劳斯把纸拿下来，打开。

"那是什么？"奥薇特问。桑妮也伸长了脖子要看。

"一张纸条。"克劳斯说着，大声念了出来。

奥薇特、克劳斯和桑妮：

　　当你们读到这张纸条的时候，我的生命也到了它是自己的尽头。我的心就像伊克一样的冷，而我再也

不能沉受这样的生活了。我知道你们可能无法理解一个遗霜的悲惨生活，或者，是什么让我这么绝望。但是，请你们了解，这样做我会更快乐。我最后地愿望和遗言，就是把你们留给诎船长照顾，他是一个仁慈而高尚的人。即使我做了这样可怕的事，还是请你们要恫察我的用心。

你们的约瑟芬姑妈

"不好了！"念完之后，克劳斯轻呼道。他把纸条翻来覆去地看了一遍又一遍，生怕自己念错了。"不好了！"他再次虚弱地说。

奥薇特一言不发地打开了图书室的门。当波特莱尔家的孩子们踏进门的那一刻，不禁打了个寒战。房间冷得像冰库，而下一秒钟，孩子们就知道原因了。那扇大窗户破了。除了窗棂还残留了几个碎片之外，一整块玻璃全都不见了，只留下一个大洞，通往外面那片无边无际的黑夜。

夜晚的冷空气从大洞灌进来，吹得书架咯咯作响，孩子们冷得紧紧靠在一起。但是，尽管冷得要命，孩子们还是小心地往那个空荡荡的黑洞走过去，探头往下看。夜如此黑暗，窗外仿佛什么东西也没有。奥薇特、克劳斯和桑妮站在窗边好一会儿，想起了就在几天之前，他们站在同样的地方，心中蓦然升起的那份恐惧。他们现在知道这份恐惧是理性的。孩子们紧抱住彼此，眼前乌黑一片，意识到自己要多加注意的打算已经太迟了。他们锁上了马房，可怜的约瑟芬姑妈却已经走了。

5.

波特莱尔家的孩子们困在这栋漆黑的房子里，
感觉就像飞蝇困在捕蝇草中。
那场夺走他们双亲生命的大火，
似乎就是这陷阱的开始，
他们却丝毫没有察觉到这一点。

奥薇特、克劳斯和桑妮:

当你们读到这张纸条的时候,我的生命也到了它是自己的尽头。我的心就像伊克一样的冷,而我再也不能沉受这样的生活了。我知道你们可能无法理解一个遗霜的悲惨生活,或者,是什么让我这么绝望。但是,请你们了解,这样做我会更快乐。我最后地愿望和遗言,就是把你们留给讪船长照顾,他是一个仁慈而高尚的人。即使我做了这样可怕的事,还是请你们要恫察我的用心。

你们的约瑟芬姑妈

"停!"奥薇特哭叫起来,"不要再念了,克劳斯!我们已经知道上面写的是什么了。"

"我只是不敢相信。"克劳斯把纸条第一百次打开来看。波特莱尔家的孤儿们凄凉地坐在餐桌旁,桌上还摆着冷柠檬糊。他们的心中充满恐惧。奥薇特已经打过电话给波先生,告诉他发生了什么事。孩子们焦虑得无法入睡,只能整夜待在这里,等着波先生明天搭第一班"无常号"渡轮过来。蜡烛即将烧尽,克劳斯必须非常靠近烛火,才能读约瑟芬姑妈的纸条。"这张纸条有点好玩,可是我说不清到底怎么回事。"

"你怎么能说这种话？"奥薇特质问他，"约瑟芬姑妈把她自己丢出窗外，这有什么好玩的？"

"不是那种开玩笑的好玩，"克劳斯说，"是另外一种好玩的感觉。为什么呢，她第一个句子说'我的生命也到了它是自己的尽头'。"

"没错啊！它是到了尽头。"奥薇特浑身发抖。

"我不是这个意思，"克劳斯耐心地解释道，"她用'它是自己的尽头'不太对劲啊！她应该用'它自己的尽头'就好，不需要多这个'是'字。"讪船长的名片仍然摆在桌上，他拿了起来，"记不记得约瑟芬姑妈看到这张名片的时候，说'是它自己的航程'是个很严重的语法错误。"

"这时候谁在乎什么语法错误？"奥薇特问，"约瑟芬姑妈都已经跳到窗外去了。"

"可是约瑟芬姑妈会在乎啊，"克劳斯指出，"她最在乎的就是语法。记得吗，她说那是她生命中最大的乐趣。"

"再大的乐趣也不够，"奥薇特哀伤地说，"不论她多么喜爱语法，纸条上不是说，她再也不能承受这样的生活了。"

"你瞧，这又是另外一个错误，"克劳斯说，"纸条上写的不是'承受'的'承'，而是'沉没'的'沉'。"

"你才是让人无法承受！是承受的'承'，不是沉没的'沉'。"奥薇特叫着。

"你才真是够愚蠢的，是愚笨的'愚'。"克劳斯怒气冲冲地回击道。

"啊呀！"桑妮尖叫了一声，她的意思是："请不要再吵了！"奥薇特和克劳斯看看他们的小妹妹，又看看彼此。通常，当某人自己很沮丧的时候，总是要搞得别人也很沮丧，可是这对解决问题一点帮助也没有。

"对不起，克劳斯！"奥薇特虚弱地说，"不是你让人无法承受，是我们的处境让人无法承受。"

"我知道，"克劳斯悲伤地说，"我也很抱歉。你一点也不愚蠢，奥薇特，其实你是非常聪明的。我希望你够聪明，能把我们从这种处境中拯救出去。约瑟芬姑妈从窗户跳出去了，还把我们留给汕船长照顾。真不知道我们该怎么办。"

"波先生已经在路上了，"奥薇特说，"他在电话里说，明天一早他第一件事就是赶到这里，所以我们应该不用等太久。也许波先生可以给我们一些帮助。"

"我想也是。"克劳斯说着，看看他的姐姐和妹妹，叹

了一口气。他们知道波先生能够提供的帮助肯定很少。当波特莱尔家的孩子们和欧拉夫伯爵住在一起时，孩子们告诉他欧拉夫伯爵有多么残酷，波先生却一点也没帮他们。当孩子们和蒙叔叔住在一起时，他们告诉他欧拉夫伯爵的阴谋，波先生也没有伸出援手。很明显，在现在这种情况下，波先生也不会有什么帮助的。

　　一根蜡烛已经烧完了，冒出一缕青烟，孩子们深深地缩进椅子里。你或许知道有一种生长在热带地区的植物，叫做捕蝇草，顶端有一个开口，形状像张开的嘴，边缘还有像牙齿一样的尖刺。当飞蝇闻到花香，停在捕蝇草上的时候，那个开口便会合起来，把飞蝇困住。飞蝇在里面惊慌地乱飞，却一点办法也没有，捕蝇草会慢慢地把它吃得一点也不剩。

　　此刻，波特莱尔家的孩子们困在这栋漆黑的房子里，感觉就像飞蝇困在捕蝇草中。那场夺走他们双亲生命的大火，似乎就是这陷阱的开始，他们却丝毫没有察觉到这一点。他们在这里、那里惊慌失措地乱飞——从欧拉夫伯爵在城里的房子，到蒙叔叔在乡下的房子，到现在，约瑟芬姑妈在湖滨山崖上的家——不论他们身处何处，悲惨总是把他们困住，越来越紧，似乎不需要太久，这三个孩子就会被吞食殆尽。

"我们可以把纸条撕了,"最后,克劳斯开口了,"这样波先生就不会知道约瑟芬姑妈的遗愿,我们也不会被交给讪船长。"

"可是我已经告诉波先生,约瑟芬姑妈留了纸条给我们了。"奥薇特说。

"那我们来伪造,"克劳斯用了个"伪造"的字眼,意思就是"自己写,然后假装是别人写的","除了讪船长那个部分之外,其他都照姑妈写的。"

"啊哈!"桑妮叫道,这是桑妮最喜欢说的话,而且这句话不需要解释,就可以明白她的意思。她只要说"啊哈!",就表示她发现了什么。

"没错!"奥薇特也叫起来,"讪船长就是这么做的!这纸条是他写的,不是姑妈写的!"

克劳斯抬起镜片后面的双眼:"这样才能解释它是自己的尽头是怎么回事。"

"这样也才能解释沉受是怎么回事。"奥薇特也说。

"耶!"桑妮惊声叫道,她的意思可能是:"讪船长把约瑟芬姑妈丢到窗外去,然后写这张纸条来掩盖他的罪行。"

"真是可怕!"克劳斯说,他一想到姑妈掉进她怕得要

命的湖里，就忍不住打个寒战。

"如果我们没有揭发他的阴谋，"奥薇特说，"他不知道还会对我们做出什么事情来呢！我真等不及要告诉波先生。"

就在这个绝佳的时刻，门铃响了，孩子们赶忙奔过去。奥薇特带着弟弟妹妹穿过走廊，伤感地看了暖气一眼，因为她记得姑妈是多么害怕这玩意儿；克劳斯紧跟在后，碰触门把的时候格外温柔，因为他想起姑妈曾警告说，太用力的话，会把门弄碎；桑妮则是悲伤地看了看门口那块踏脚垫，因为她记得姑妈说它会让人摔断脖子。约瑟芬姑妈对每一样可能伤害她的东西都很小心，可伤害还是发生了。

奥薇特打开了那扇油漆斑驳的白色房门，在黎明的昏暗光线之下，看到波先生正站在门外。"波先生！"奥薇特开口说道。她打算把他们发现欧拉夫伯爵伪造纸条这件事立刻告诉波先生，可是她一看到波先生一只手拿着白手帕，另一只手里提着黑色公文包站在门口，想说的话却卡在了喉咙里。眼泪真是个古怪的东西，不论是发生了地震，或是观赏木偶戏，没有前兆，也不需要好理由，它随时可能说来就来。

"波先生！"奥薇特又说了一次。突然间，她和弟弟妹妹都哭了起来。奥薇特哭着，肩膀随着啜泣抖动着；克劳斯哭着，眼镜随着泪水滑到鼻子下；桑妮也哭着，张大嘴露出四颗小牙。波先生放下他的公文包和手帕。他不是那种擅长安慰别人的人，但他还是用手臂抱住孩子们，嘴里念着"好了，好了"。这字眼儿其实没什么特别的意思，有些人在安慰别人时，嘴里会无意识地这么喃喃自语。

波先生实在不知道还能说什么来安慰他们，但是此刻，我却希望自己有种神奇的力量，让我可以回到现场，跟那三个孩子说说话。如果能够，我会告诉波特莱尔家的孩子们，不论是地震或观赏木偶戏，眼泪都会毫无预警且毫无理由地跑出来。孩子们之所以会哭泣，当然是因为他们以为约瑟芬姑妈死了，而我希望自己有能力可以到他们的身边去，告诉他们，不！他们错了。然而，我不能。我并不在那个昏暗的清晨，不在断肠湖畔的山丘上。我只是在无人的暗夜，坐在我的房间里，望着窗外的墓地，写下他们的故事。我不能告诉孩子们他们错了，但是我可以告诉你，当孩子们在波先生的怀抱里哭泣的时候，约瑟芬姑妈并没有死。

她还没有死。

6.

"购物清单上的笔迹和纸条上的一样吗?"

对于波先生和波特莱尔家的孤儿们而言,

这个问题的答案再清楚不过了,

他们的答案是:"一样。"

波先生坐在桌旁，掏出他的手帕，蹙起眉头。"伪造？"他又说了一遍。孩子们已经带波先生去看过图书室的破窗，也给他看了原来钉在门上的纸条。他们还给波先生看了那张名片，并指出里面的语法错误。"伪造是很严重的指控。"波先生严厉地说，又擤了一下鼻子。

"不会比谋杀更严重，"克劳斯指出，"而那就是讪船长做的事。他谋杀了约瑟芬姑妈，然后伪造了一张纸条。"

"可是，为什么这个讪船长，"波先生问，"要搞这么一堆麻烦，只为了要照顾你们呢？"

"我们已经跟您说过了，"奥薇特尽可能耐心地再次解释，"讪船长是欧拉夫伯爵假扮的。"

"这些是非常严重的指控，"波先生坚定地说，"我理解，你们三个经历了一些可怕的事，但是我希望你们不要被想象力拖得太远了。记得你们跟蒙叔叔一起住的时候吗？你们认为，他的助理斯特凡诺是欧拉夫伯爵乔装的。"

"可是斯特凡诺就是欧拉夫伯爵乔装的啊！"克劳斯辩解。

"那不是重点，"波先生说，"重点是，你们不能仓促下结论。如果你们真的觉得这张纸条是伪造的，那么，我们就应该停止讨论乔装这件事，而去调查一下纸条的真伪。

在这栋房子里的某个地方，我相信能找到一些约瑟芬姑妈曾经写过的东西。我们可以比较一下笔迹，看看这纸条上的笔迹能不能吻合。"

波特莱尔家的孤儿们你看看我，我看看你。"那当然，"克劳斯说，"如果纸条上的笔迹不能吻合，就显然说明它是别人写的。我们怎么没有想到这点呢！"

波先生笑了："看吧，你们是非常聪明的孩子，但即使是世界上最聪明的人，经常也需要银行家的协助。好了，现在我们可以到哪里去找约瑟芬姑妈的笔迹呢？"

"厨房！"奥薇特立刻说，"我们去市场买东西回来后，她把购物清单放在了厨房里。"

"哇哈！"桑妮说，意思可能是指："我们去厨房拿吧。"这正是他们现在要做的事。约瑟芬姑妈的厨房很小，炉子上盖了一条很大的白色床单，这当然是为了安全起见，约瑟芬姑妈已经解释过了。厨房里有一个姑妈在那儿准备食物的台面、一台储存食物的冰箱，还有一个水槽，姑妈在那儿把他们没吃完的食物冲掉。台面的一角放着姑妈写的购物清单，奥薇特走过去，把它拿了起来。波先生打开灯，奥薇特把购物清单拿起来和纸条仔细比对。

有一种人专门分析笔迹，叫做笔迹鉴定专家，他们在笔迹鉴定学校里学习，以取得学位。你可能会想，这个时候应该找位笔迹鉴定专家来，不过，很多时候并不需要专家的意见。例如，如果你的朋友带着她的宠物狗来找你，对你说她很担心，因为她的狗不会下蛋，即使你不是兽医，也可以告诉她这没什么好担心的，因为小狗本来就不会下蛋。

没错，有些问题就是这么简单，任何人都可以解答。"购物清单上的笔迹和纸条上的一样吗？"对于波先生和波特莱尔家的孤儿们而言，这个问题的答案再清楚不过了，他们的答案是："一样。"当约瑟芬姑妈写蔷薇的"薇"时，会把最后一笔勾成一个小圈圈，跟她写奥薇特的"薇"一样。她写桑葚的"桑"时，三个"又"写得看起来像三个"2"，这又和桑妮的"桑"是一样的写法。而她写冷冻的"冷"字，"人"的两笔拖得很长，纸条上的"冷"字，"人"也拖得很长。毫无疑问，这两张纸上的字都是约瑟芬姑妈写的。这点波先生和孩子们都仔细地验证过了。

"我不觉得还有什么好怀疑的，约瑟芬姑妈确实写了这两张纸条。"波先生说。

"可是……"奥薇特开口。

"没什么好可是的，"波先生说，"看看那个'薇'字的

圈圈尾巴，再看看那个'桑'字的写法，还有'冷'字的那两笔。我不是笔迹鉴定专家，可是我十分确定这是同一个人写的。"

"您说得对，"克劳斯悲伤地说，"虽然我知道讪船长一定跟这事脱不了关系，但纸条确实是约瑟芬姑妈写的。"

"而且这纸条，"波先生说，"会变成合法的文件。"

"那就是说，我们必须跟讪船长同住？"奥薇特问，她的一颗心不断往下沉。

"恐怕是，"波先生回答，"一个人的最后遗嘱，在他死亡之后就会成为正式的声明。你们是被约瑟芬姑妈照顾的，所以在她跳出窗外之前，她有权利指定谁来担任你们的新监护者。这件事令人震惊，却完全合法。"

"我们不要跟他住在一起，"克劳斯情绪激动地说，"他是世界上最糟的人。"

"我知道他一定会干出可怕的事来，"奥薇特说，"他看上的是波特莱尔家的财产。"

"救救！"桑妮尖叫起来，意思可能是："请不要让我们跟这个邪恶的人住在一起。"

"我知道你们不喜欢讪船长这个人，"波先生说，"可我实在是无能为力，恐怕法律也会认为你们应该跟着他。"

"我们会逃跑。"克劳斯说。

"你们不能这样,"波先生严厉地说,"你们的父母委托我安排合适的人照顾你们,你们必须尊重双亲的遗愿,不是吗?"

"是这么说没错,"奥薇特说,"可是……"

"那就不要再争辩了,"波先生说,"你们可怜的爸爸妈妈如果知道你们要从监护人那儿逃跑,他们会怎么说呢?"

如果父母亲知道,他们的孩子要被讪船长照顾,一定会吓坏的。可是,孩子们还来不及跟波先生提到这点,他已经又开始说了:"好了,现在最简单的做法就是去见讪船长,然后再谈其他的细节。他的名片在哪里?我现在就打电话给他。"

"在餐厅的桌上。"克劳斯绝望地说。波先生离开厨房去打电话。波特莱尔家的孩子们看着姑妈的购物清单和那张遗书。

"我就是不相信,"奥薇特说,"我确定我们的思路是对的,那一定是伪造的。"

"我也是,"克劳斯说,"讪船长一定在这里做了什么,我知道他一定动了什么手脚,可是他比以前更狡猾了。"

"那我们就要比以前更聪明才行,"奥薇特回应,"因为

我们必须趁一切还来得及，说服波先生。"

"波先生不是说他们要谈一些细节吗，"克劳斯说，"说不定那会花一段时间。"

"我已经跟讪船长联系上了，"波先生回到厨房来，对孩子们说，"他听到约瑟芬姑妈的死讯非常震惊，不过他倒是很乐意抚养你们。我们半个钟头之后要去城里的一家餐厅跟他吃午餐，然后讨论一些领养的细节。今天晚上你们应该就可以待在他的家里。我相信你们也松了一口气，事情竟然这么快就解决了。"

奥薇特和桑妮盯着波先生，震惊得说不出话来。克劳斯也沉默着，可是他死盯着另外的东西。他看着约瑟芬姑妈的纸条，眼睛眨也不眨。波先生掏出白手帕来，捂着嘴咳嗽了好一阵子，还咳出一堆痰来。孩子们谁也没有说话。

"好了，"波先生终于开口了，"我会叫一辆出租车，我们不需要走那么长的路下山。你们去梳梳头，穿上外套。外面风很大，而且越来越冷了。我想暴风雨可能快来了。"

波先生径自走出去打电话，波特莱尔家三姐弟步履沉重地走进他们的房间。他们没有去梳头，相反，一走进房间，桑妮和奥薇特便转身面对克劳斯。"是什么？"奥薇特问他。

"什么是什么?"克劳斯回答。

"别告诉我什么是什么,"奥薇特说,"你已经想出来了,对不对?是什么?我知道你想到了,约瑟芬姑妈的纸条你读了已经几百次了,而且你看起来好像已经想到什么了。现在告诉我,是什么?"

"我不确定,"克劳斯说着,又看了纸条一次,"我可能快要想到了,说不定可以帮助我们,可是我需要多一点时间。"

"可是我们没有时间了!"奥薇特叫,"我们现在就要去跟讪船长吃午餐了。"

"那我们就要制造更多的时间。"克劳斯坚决地说。

"快点,孩子们!"波先生在走廊里大喊,"出租车很快就要来了!赶快穿上外套,我们要走了!"

奥薇特叹着气走到衣柜边,把三件外套拿出来。她把克劳斯的外套递给他,又帮桑妮穿上外套。"我们怎么制造更多的时间?"奥薇特问。

"你不是发明家吗?"克劳斯穿上外套。

"可是时间是没办法发明的啊!"奥薇特说,"你可以发明自动爆米花机,你可以发明蒸气洗窗机,可是你不能发明更多的时间!"奥薇特非常确定她无法发明时间,即使她

用丝带把头发扎起来，专注地想，也无济于事。她迷惑而
丧气地看了克劳斯一眼，然后穿上自己的外套。但是正当
她把纽扣一个一个往上扣的时候，她发现根本不需要把头
发用丝带扎起来，因为答案就在这儿。

7. 请容我为各位推荐这道欢乐奶酪汉堡。
这是用腌泡菜、芥末酱和番茄酱
在汉堡上做成一个笑脸，
保证会让你们也露出笑脸。

"嗨！我是你们的侍者拉里。"为波特莱尔家孤儿们服务的侍者拉里说。他是一个矮小、干瘦的男人，穿着一件愚蠢的小丑服装，胸前别着一个名牌，写着拉里。"欢迎来到'焦虑小丑餐厅'——在这里，不论你喜不喜欢，每个人都会有一段美好的时光。看得出各位是来共享午餐的一家人，所以请容我为您推荐我们的超级趣味家庭餐，由多种美味材料拌炒在一起，然后淋上酱汁。"

"听起来真是太棒了，"讪船长咧开嘴笑着，露出满口的黄板牙，"超级趣味家庭餐给我的超级趣味家庭享用。"

"我只要白开水。"奥薇特说。

"我也是，"克劳斯说，"请给我妹妹一杯冰块。"

"我要一杯咖啡，加脱脂奶油。"波先生说。

"哦，不！波先生，"讪船长说，"我们来开一瓶红酒吧。"

"不了，谢谢你，讪船长，"波先生说，"我在上班时间是不喝酒的。"

"但是这可是一顿庆祝午餐啊，"讪船长大叫，"我们要跟我的三个新孩子干一杯，成为父亲可不是一个男人每天都会遇到的事啊！"

"拜托，船长，"波先生说，"很高兴看到你乐意抚养这

三个孩子，但是你必须理解，孩子们对于约瑟芬姑妈的遭遇还是感到很难过的。"

有一种蜥蜴叫做变色龙，你可能知道，这种动物会为了融入环境中而改变自己的颜色。恶心冷血的讪船长就像变色龙一样善变，也就是说，他能够融入任何状况中。自从波先生和孩子们来到焦虑小丑餐厅，讪船长对于能够得到这些孩子就表现出难以言喻的兴奋，但是波先生一指出目前的情况其实是令人难过的，讪船长马上就用悲凄的声调说："我也很悲伤，"他说着，还抹去眼角的一滴泪水，"约瑟芬是我最亲爱的老朋友。"

"你昨天才第一次见到她，"克劳斯说，"在市场。"

"确实是像昨天才认识，"讪船长说，"但我们其实已经认识好几年了。我们是在一家烹饪学校认识的，她是我在高级烘焙课时的伙伴。"

"你们才不是烘焙伙伴，"奥薇特对于讪船长的谎言感到作呕，她说，"约瑟芬姑妈根本连打开烤箱都怕得要命，她永远不可能去什么烹饪学校。"

"我们很快就成了朋友，"好像没有听到有人打断他的话似的，讪船长继续说着他的故事，"有一天，她对我说：'如果将来我领养了一些孤儿，而我自己又死得早，答应我，你会替我抚养他们。'我就告诉她，好，我愿意。可是我从来也没想到，我会真的实践我的诺言。"

"那真是一个悲伤的故事。"拉里说。这时，每个人都转头看着他们的侍者，他还站在一旁呢。"我没想到今天是这种悲伤的场合。这样的话，请容我为各位推荐这道欢乐奶酪汉堡。这是用腌泡菜、芥末酱和番茄酱在汉堡上做成一个笑脸，保证会让你们也露出笑脸。"

"听起来是个不错的点子，"汕船长说，"拉里，给我们通通来一份欢乐奶酪汉堡吧！"

"马上来！"拉里说完终于离开了。

"好的，"波先生说，"不过，汕船长，吃完汉堡之后，我有一些文件需要你签一下。我已经把文件带来了，就在我的公文包里。午餐之后，我们必须把文件看一遍。"

"然后孩子们就是我的了？"汕船长问。

"嗯，是的，你就可以照顾他们了，"波先生说，"当然，波特莱尔家的财产还是由我暂时保管，直到奥薇特长大。"

"什么财产？"汕船长问，他的一字眉向上弯起，"我可不知道什么财产的事。"

"滋道！"桑妮尖声叫起来，她的意思应该是："你当然

知道！"

"波特莱尔夫妇，"波先生解释道，"留下了一大笔财产，等到奥薇特长大，孩子们就可以继承这笔财产。"

"我对财产没什么兴趣，"讪船长说，"我有自己的租船业务，我不会碰他们一毛钱的。"

"那很好，"波先生说，"因为你是不能碰他们一毛钱的。"

"咱们等着瞧。"讪船长说。

"什么？"波先生问。

"这是你们的欢乐奶酪汉堡！"拉里高声喊道，他端着一大盘看起来油腻腻的食物，出现在他们桌旁，"请尽情享用。"

"焦虑小丑"就像大部分用霓虹灯和气球装饰的餐厅一样，供应可怕的食物。不过，孩子们一整天都没有吃东西，而且也有好长一段时间没有吃热的东西了，所以尽管他们心中既悲伤又焦虑，还是胃口大开。几分钟之内，大家都忙于进食，没有人说话。之后，波先生开始讲一个在银行发生的无聊故事。波先生讲得津津有味，克劳斯和桑妮也假装听得兴致勃勃，讪船长则忙着狼吞虎咽他的汉堡，没有人注意到奥薇特正在打什么主意。

之前当奥薇特穿上外套，准备走到冷风直吹的户外时，她摸到口袋里有一团东西。那是他们到达断肠湖那天，波先生给他们的薄荷糖，这让她想到了一个主意。此时，她趁着波先生仍在滔滔不绝，非常、非常小心地拿出那包薄荷糖，打开它。让她气馁的是，薄荷糖竟然还一个、一个地用玻璃纸包了起来。她在桌子底下小心翼翼地打开三个薄荷糖，用最最最——这里用的"最最最"，意思就是"非常"——轻巧的手法打开玻璃纸，避免制造出任何沙沙的声音，惊动其他人。最后，她终于剥开了三个薄荷糖，放在膝盖上的餐巾里。然后，她神不知、鬼不觉地偷偷放了一个在克劳斯的腿上，另一个给桑妮。克劳斯和桑妮发现有东西在他们的腿上，低头一看，竟然是薄荷糖。起先，他们还以为姐姐头脑坏掉了，但片刻之后，他们便明白了。

如果你对某种东西过敏，就最好别把那种东西放进嘴里，尤其如果那种东西是猫的话。但是奥薇特、克劳斯和桑妮都知道，现在可是紧急时刻，他们需要时间去想出训船长的阴谋，而且还要阻止他的阴谋得逞。虽然让自己过敏是很极端的手段，不过现在也只有这个办法了。所以，三个孩子趁着大人们不注意的时候，把薄荷糖放进自己的嘴里，静静等待着。

波特莱尔家的过敏症向来都是迅速发作，所以孩子们并不需要等太久。几分钟光景，奥薇特就长出了一块块荨麻疹，克劳斯的舌头开始肿起来了，而从来没吃过薄荷糖的桑妮也长出疹子，舌头也肿了。

波先生终于讲完了他的故事，然后注意到孩子们的状况。"怎么了，孩子们？"他说，"你们看起来真吓人啊！奥薇特，你的皮肤长了红疹子。克劳斯，你的舌头挂在嘴巴外面了。桑妮，你两样都有。"

"一定是汉堡里有什么东西让我们过敏了。"奥薇特说。

"我的天啊！"波先生说。他发现奥薇特手臂上那块蜂窝似的疹子，已经长得像颗煮熟的鸡蛋那么大了。

"深呼吸就好了。"讪船长头也不抬地说，脸还埋在他的汉堡里。

"我觉得好难过！"奥薇特说，此时桑妮也号啕大哭起来，"波先生，我们想回家躺下来。"

"往椅背上靠就好了，"讪船长严厉地说，"我们才吃到一半，没有理由离开。"

"为什么？讪船长，"波先生说，"孩子们病得不轻。奥薇特说得对，现在就走。我来付钱，先带孩子们回家。"

"不用了！不用了！"奥薇特马上说，"我们可以自己坐出租车，你们两个还是在这里把所有的细节都谈妥比较好。"

讪船长严厉地看了奥薇特一眼。"别妄想我会让你们自己离开。"他阴沉地说。

"可我们有很多文件要看，"波先生说，他看着自己的食物，看得出来，他不是很想离开餐厅去照顾生病的孩子们，"我们不会让他们离开太久的。"

"我们的过敏并不算太严重，"奥薇特抓抓手臂上的疹子说，她站起来，带着弟弟妹妹走向餐厅门口，"只要躺上一两个钟头就好了。你们慢慢吃，等签完所有的文件之后，讪船长，你就可以来接我们了。"

讪船长那只独眼闪着奥薇特熟悉的光芒。"我会的，"他回答，"我会很快、很快就去接你们。"

"再见了，孩子们，"波先生说，"希望你们快点儿好起来。你知道吗，讪船长，我银行里就有一个人有很严重的过敏，为什么呢，我记得有一次……"

"这么快就要走啦？"孩子们扣上外套扣子的时候，拉里问道。外头风吹得更大了，赫门飓风愈来愈接近断肠湖，天空也开始下起了毛毛雨。即使如此，三个孩子还是

急着要赶快离开焦虑小丑餐厅，不只是因为这个餐厅装饰过度——这里指的是塞满了气球、霓虹灯管和讨厌的侍者。波特莱尔家的孩子们知道，他们必须分秒必争，替自己多制造一点时间。

8.

约瑟芬姑妈的房子眼看就要滑下山丘了。

"快逃啊！"奥薇特再次大叫。

孩子们连滚带爬地穿过倾斜的走廊，

不断地跌落水坑里，又不断地爬起来。

当一个人的舌头因为过敏而肿起来的时候，别人通常很难明白他在说什么。

"不拉、不拉、不拉、不拉。"当他们走下出租车，一头冲向约瑟芬姑妈家那块薄门板的时候，克劳斯说话了。

"我听不懂你在说什么。"奥薇特说着，抓抓脖子上的一块红疹子，那疹子长成了明尼苏达州的形状。

"不拉、不拉、不拉、不拉。"克劳斯又重复一遍。或许他说的是别的，不过我实在是也不知道。

"算了，算了，"奥薇特说着打开门，把弟弟妹妹推进去，"你要时间，现在你有了，你必须赶快想出来。"

"不拉、不拉、不拉。"克劳斯大着舌头说。

"我还是听不懂。"奥薇特说。她脱下桑妮的外套，然后脱下自己的，把两件外套扔在地上。通常，外套应该挂在衣架上或放进衣橱里，可是荨麻疹会让人烦躁得不想做这些事。"克劳斯，我现在只能猜你的意思是同意我的话。好了，不需要我们帮忙的话，我和桑妮现在要去泡苏打水澡，好让疹子舒服一点。"

"不拉！"桑妮叫着。她应该是要说"好！"，意思可能是："好！我的疹子正痒得要命。"

"不拉。"克劳斯用力点点头，然后急忙跑向走廊。克

鬼魅的大窗子

劳斯没有脱下外套，不是因为过敏让他烦躁，而是因为他要去一个很冷的地方。

克劳斯打开图书室的门，却惊讶地发现里面全变了样儿。即将到来的暴风雨带来了狂风，吹走了最后一片碎窗；雨水渗进了约瑟芬姑妈舒适的椅子，留下一片黑色的污渍。书架上的一些书被吹落到窗口，也泡了水。还有一些看起来比这些书更令人不忍卒睹的景象，不过克劳斯已经没有时间悲伤了，因为他知道讪船长一定会尽可能火速赶来把他们接走，所以他必须马上开始工作。

他先把约瑟芬姑妈的纸条从口袋里拿出来，摊在桌上，并用书压住，以免被风吹走。然后，他快步走到书架边上，看着书脊搜寻自己要找的书。他挑了三本：《语法基本规则与标点符号》《初级省略符号手册》和《古今文字大全》。每本书都跟西瓜一样重，克劳斯费了好大的劲儿才把它们全搬下来，"砰！"的一声重重摔在桌上。"不拉、不拉、不拉、不拉、不拉。"他自言自语，并找来一支笔开始工作。

图书室本来是一个很适合下午工作的地方，但可不是在这种窗户被一扫而空，而且暴风雨又逐渐接近的情况下。冷风呼呼地吹，雨也越下越大，房间里越来越不舒服，但是克劳斯完全没有注意到这些。他打开书，做了大量——

"大量"就是"很多"的意思——笔记，还在约瑟芬姑妈写的纸条上画了好几个圈圈。外面开始响起轰隆的雷声，每一响雷声都把整栋房子震得摇摇晃晃，但克劳斯还是不停地一页页翻着，并随手写下一些东西。随着外头一阵闪电亮起，克劳斯突然停下来，瞪着纸条看了许久，专注地皱着眉头。最后，他在纸条的下方写下几个字。他极度专心地工作着，所以当奥薇特和桑妮进入图书室，喊了他一声时，他整个人吓得差点从椅子上跌下来。

"不拉吓死不拉！"他惊声尖叫道，心脏怦怦地猛跳着，他的舌头稍微消肿了。

"对不起，"奥薇特说，"我不是故意要吓你的。"

"不拉不拉洗苏打澡不拉？"他问。

"没有，"奥薇特回答道，"我们没办法泡苏打水澡，因为约瑟芬姑妈从来不煮东西，她根本就没有苏打。我们只是洗了个普通的澡，不过没关系。克劳斯，你在这个冷得要命的房间里做什么？你为什么在约瑟芬姑妈的纸条上画这么多圈圈？"

"不拉究语法。"他指着书回答。

"不拉？"桑妮叫道，她应该是要叫"为为？"意思可能是："你为什么要浪费这么多宝贵的时间研究语法呢？"

"不拉为，"克劳斯焦急地解释说，"我想不拉芬姑妈在不拉纸上留了不拉信息给我们。"

"她很悲伤，把自己丢出了窗外，"奥薇特在风中颤抖着说，"那上面还会有什么其他的信息吗？"

"那上面有太多不拉语法错误，"克劳斯说，"约瑟芬姑妈热爱语法，不可能犯那么多不拉错误的，除非她有不拉理由。所以，那就是我在不拉做的事——数语法错误。"

"不拉。"桑妮说，她的意思是："请继续，克劳斯。"

克劳斯抹掉镜片上的几滴雨水，低头看着他的笔记："好，我已经知道第一段就有一个不拉错误'是'，我想那只是要引起我们的注意的。但是再看第二句不拉话：'而我再也不能沉受这样的生活了'。"

"正确的字应该是'承'受，"奥薇特说，"你已经说过了。"

"不拉我想还有更多，"克劳斯说，"'我的心就像伊克一样的冷'听起来不对劲啊。记不记得姑妈曾经不拉说过，她宁愿想象她的丈夫在很不拉热的地方。"

"对啊！"奥薇特说，她记得姑妈的话，"她就是在这个房间里说的，她说伊克喜欢阳光普照的地方，所以她都会想象他现在在很热的地方。"

"所以，我想约瑟芬姑妈的意思不是'像伊克一样的冷'，而是'像冰一样的冷'。"克劳斯说。

"好吧！所以我们现在有'冰'和'沉'这两个字，可是我还是看不出有什么意义在里面。"奥薇特说。

"我也是，"克劳斯说，"可是我们再看不拉下一句：'我知道你们可能无法理解一个遗霜的悲惨生活'。我在这本《古今文字大全》里查到'遗霜'这两个字。"

"为什么？"奥薇特问，"你不是说遗孀是寡妇的流行说法吗？"

"没错，"克劳斯回答，"可是遗霜的霜是个错字，应该是有女字旁的'孀'才对。"

"像冰一样冷，"奥薇特用指头数着，"沉受，还有遗霜。信息还是不够多啊！"

"让我说完，"克劳斯说，"我还发现了更多错误。她后面还写道'我最后地愿望和遗言'，我查了《语法基本规则与标点符号》这本书，发现'愿望和遗言'都是名词，所以前面应该用最后'的'，而不是最后'地'。"

"苦！"桑妮大叫，意思应该是："研究这些真是让我头痛啊！"

"我也是，桑妮，"奥薇特说着把桑妮抱起来，放在桌

上，"不过我们还是要让他说完。"

"不拉还有一个呢，"克劳斯伸出一根手指头，接着说，"我还发现一个错字，约瑟芬姑妈最后写：'还是请你们要恫察我的用心。'正确的写法应该是山洞的'洞'。"

"那又怎么样呢？"奥薇特问，"这一堆错误到底有什么意义呢？"

克劳斯露出微笑，把他写在纸条下方的几个字拿给姐姐和妹妹看。"冰沉霜地洞！"他大声念出来。

"壁洞？"桑妮问，她的意思是："什么地洞？"

"冰沉霜地洞，"克劳斯重复道，"如果我们把这些错误通通揪出来，就可以凑出这几个字。约瑟芬姑妈故意写错这些字，她知道我们会发现的。她这是在暗示我们一个信息，这个信息就是冰沉霜……"

一阵突来的强风打断了克劳斯的话。风从破碎的窗口灌进来，把图书室吹得跟响葫芦似的；响葫芦是一种在拉丁美洲常用的乐器，外形是个葫芦，摇起来沙沙作响。当风吹进图书室时，里面的每样东西都剧烈地震动起来了。椅子和踏脚凳翻了个四脚朝天，书架也摇晃得非常厉害，就连约瑟芬姑妈收藏的最厚的书都跌落下来，掉在地板上的雨水里。黑夜中的一阵雷电交加之际，波特莱尔家的孤儿们也滚落到地板上。

"我们赶快离开这里！"奥薇特在雷声中大叫，一边抓住弟弟妹妹的手。强风中，孩子们仿佛在攀爬陡峭的山壁似的，往图书室门口奋力地匍匐前进。他们好不容易爬出图书室，赶紧把门用力关上。直到安全地站在走廊上，孩子们才终于能够喘一口气。

"可怜的约瑟芬姑妈，"奥薇特说，"她的图书室毁了。"

"可是我还得回去，"克劳斯抓着纸条说，"我们才发现约瑟芬姑妈留下冰沉霜地洞的暗示，还需要进图书室去找更多资料。"

"绝对不是这个图书室，"奥薇特指出，"这个图书室里都是关于语法的书，我们需要关于断肠湖的书。"

"为什么？"克劳斯问。

"我敢跟你打赌，冰沉霜地洞就在断肠湖，"奥薇特说，"记得姑妈曾说，她知道湖里的每一个岛屿和湖边的每一个洞穴吗？我敢打包票，冰沉霜地洞就是其中的一个洞穴。"

"可是，为什么姑妈的秘密指示跟这些洞穴有关呢？"克劳斯问。

"你已经查出了这个指示，"奥薇特说，"难道还不知道这代表什么意思？约瑟芬姑妈并没有死，她只是要人家以

为她死了，不过她又想法子告诉我们其实她躲藏在某个地方。我们必须找到她那些关于断肠湖的书，去查出冰沉霜地洞到底在哪里。"

"可是我们得先知道书在哪儿啊！"克劳斯说，"她告诉过我们，她把书都收起来了，记不记得？"

桑妮说了什么表示同意的话，可是雷声让她的哥哥、姐姐都听不见她说的话。

"让我们想想看，"奥薇特说，"如果你不想看到某样东西，你会把它藏在哪里？"

波特莱尔家的孤儿们用力回想，当他们住在自家大宅时，把不想看到的东西藏在什么地方。奥薇特想到她曾经发明了一个电动口琴，可是发出的声音真是可怕，她为了不让自己想起这个失败的发明，便把它藏起来了。克劳斯想起他曾经看过一本关于普法战争的书，可是实在太难懂了，于是他把书藏起来，免得一看到它，就会提醒自己年龄还不够大，读不懂这种书。桑妮也想起有一块坚硬的石头，连她那锐利的牙齿都咬不动，所以她把石头给藏起来，免得自己无法克制想咬东西的冲动，害得牙酸齿疼。三个孩子都想到了他们藏东西的地方。

"床底下。"奥薇特说。

"床底下。"克劳斯说。

"下下。"桑妮也同意。

二话不说，三个孩子直奔约瑟芬姑妈的房间。通常，没有敲门就擅自进入别人的房间，是不礼貌的行为。不过，如果这个人死了，或假装死了，那就另当别论。因此，波特莱尔家的孩子们没有敲门，便直接进入姑妈的房间。约瑟芬姑妈的房间和孩子们的房间差不多，床上铺着海军蓝床罩，角落里也有一堆锡罐子。一扇小窗开向雨水浸润的山丘，床边摞着一些姑妈尚未阅读的语法新书。说来令人鼻酸，这些书她可能永远也不会读了。然而，孩子们对这房里唯一感兴趣的地方只有床底下。三个孩子跪下来往里面看。

约瑟芬姑妈似乎有一大堆她不想看到的东西。床底下有好几个锅壶瓢罐，她不想看到这些东西，因为这会让她想起炉子。还有一些别人送给她当礼物的丑陋袜子，这些袜子丑得有伤人类的眼睛。孩子们还发现了一张令人伤心的照片，里面是一个看起来很仁慈的男人，一只手拿着一把饼干，嘴巴噘起来像在吹口哨的样子。这个男人是伊克，孩子们都知道姑妈之所以把照片藏起来，是因为她不想睹物思人。最后，在一个最大的锅子后面，有一摞书，孩子们马上把书搬了出来。

"《断肠湖之潮汐》，"奥薇特念着最上面一本书的书名，"这本没什么用处。"

"《断肠湖底之谜》，"克劳斯看着下一本书，"这也没什么帮助。"

"《断肠湖鳟鱼》。"奥薇特读着。

"《达摩克利斯码头区的历史》。"克劳斯念着。

"《艾文·雷克瑞毛斯——断肠湖探险家》。"奥薇特念着。

"《制造水的方法》。"克劳斯读着。

"《断肠湖图集》。"奥薇特念着。

"断肠湖图集？太棒了！"克劳斯大叫，"这是一本地图集。"

窗外一阵雷电，雨下得更大了，噼里啪啦敲得好像有人在屋顶上面打鼓似的。波特莱尔家的孩子们迅速打开书，一页页地翻着。里面全是湖区各个地方的地图，就是找不到冰沉霜地洞。

"这本书有四百七十八页，"克劳斯翻到最后一页，叫道，"我们一辈子也找不到冰沉霜地洞。"

"我们没有一辈子的时间，"奥薇特说，"讪船长可能已经在路上了。查后面的索引，直接找冰沉霜地洞。"

克劳斯翻到索引，我相信你也知道，书后面附的索引会以笔画或注音符号的排列方式，列出书里提到的所有专有名词，并注明页数。克劳斯的手指迅速找到"b"部，嘴里自言自语地念着："巴拉不列岛、邦滨崩断崖、扁鳌湾、冰雹、冰河、冰沉霜地洞——在这里！冰沉霜地洞，第一百零四页。"克劳斯马上翻开那一页，仔细地看着详细的地图，"冰沉霜地洞，冰沉霜地洞，在哪里啊？"

"在这里！"奥薇特指着地图上的一个小点，上面写着冰沉霜地洞，"就在达摩克利斯码头的正对面，它的东方有个熏衣草灯塔。咱们走！"

"走？"克劳斯说，"我们怎么横渡这个湖呢？"

"坐无常号渡轮过去，"奥薇特指着地图上的小点说，"看！渡轮直接到熏衣草灯塔，我们到了那里再走过去。"

"我们要在这样的风雨天走路去达摩克利斯码头吗？"克劳斯问。

"我们没有别的选择了，"奥薇特回答，"我们必须证明约瑟芬姑妈还活着，否则讪船长就会来把我们带走的。"

"我只希望她还……"克劳斯还没说完，突然指着窗子叫出来，"你们看！"

奥薇特和桑妮看向克劳斯所指的地方。从约瑟芬姑妈卧室的窗子望出去，可以看到一根支撑房子的金属梁柱，

原来是为了把房子撑住，免得房子掉下湖里去的，但是这根金属梁柱现在已经被暴风雨吹坏了。梁柱上有一大块被烧焦了，看来应该是被闪电击中；狂风还吹歪了梁柱，显得危危颤颤的，三个孩子眼看着狂风暴雨不断地侵袭着它。

"逃逃！"桑妮尖叫起来，意思是："我们得马上离开这里！"

"桑妮说得对！"奥薇特说，"拿上地图，我们快走！"

克劳斯抓起《断肠湖图集》。他简直不敢想象，如果他们还在看书，没有发现窗外发生的事，后果会有多么严重。就在他们起身的时候，一阵狂风骤至，不但摇晃着整栋房子，还把孩子们吹得四脚朝天。奥薇特被吹到床脚，撞到了膝盖；克劳斯被吹到冰冷的取暖器上，撞疼了脚；桑妮则被吹到锡罐子堆里，撞得东倒西歪。房间似乎倾斜了，孩子们奋力爬起来。

"快走！"奥薇特叫着，抓起桑妮的手。孩子们狂奔到走廊，朝着大门口跑。一块天花板塌了下来，雨水倾泻而下，浇湿了地毯，孩子们踩着地毯的时候，溅起了一片片水花。房子再度倾斜，三个孩子又摔倒在地。约瑟芬姑妈的房子眼看就要滑下山丘了。

"快逃啊！"奥薇特再次大叫。孩子们连滚带爬地穿过倾斜的走廊，不断地跌落水坑里，又不断地爬起来。克劳斯首先到达了门口，他死命扳开大门。此时，房子倾斜得更加厉害，还伴随着一阵非常、非常恐怖的崩裂声。"快点！"奥薇特大叫。波特莱尔家的孩子们爬出了大门，摔倒在山丘上。冰块似的雨水浇淋在他们身上。孩子们冷得要命，又吓得半死，但好歹是逃出来了。

　　我坎坎坷坷地活到这么一把年纪，见过不少令人惊奇的事。我见过用人类的头盖骨建成的一串长廊；我见过火山爆发之后，火山熔岩像一面墙似的覆盖了整个村庄；我还亲眼看见一个我所钟爱的女人，被一只巨鹰抓起来，丢向它位于山顶的鹰巢。然而，即使这样见多识广，我还是不知该如何形容约瑟芬姑妈的房子摔落断肠湖时的情景。接下来的事情——根据我的调查——孩子们目瞪口呆地看着那扇薄门板砰地猛然摔上，然后整栋房子也脆弱地应声倾倒，就像一张被揉碎的薄纸一般。

　　后来有人告诉我，孩子们那时紧紧抱住彼此，耳朵听到的是整栋房子跌落山丘的恐怖声音。我很难向你形容，看着整个建筑物跌落山下，掉进漆黑又狂暴的湖水深处，是什么样的感受。

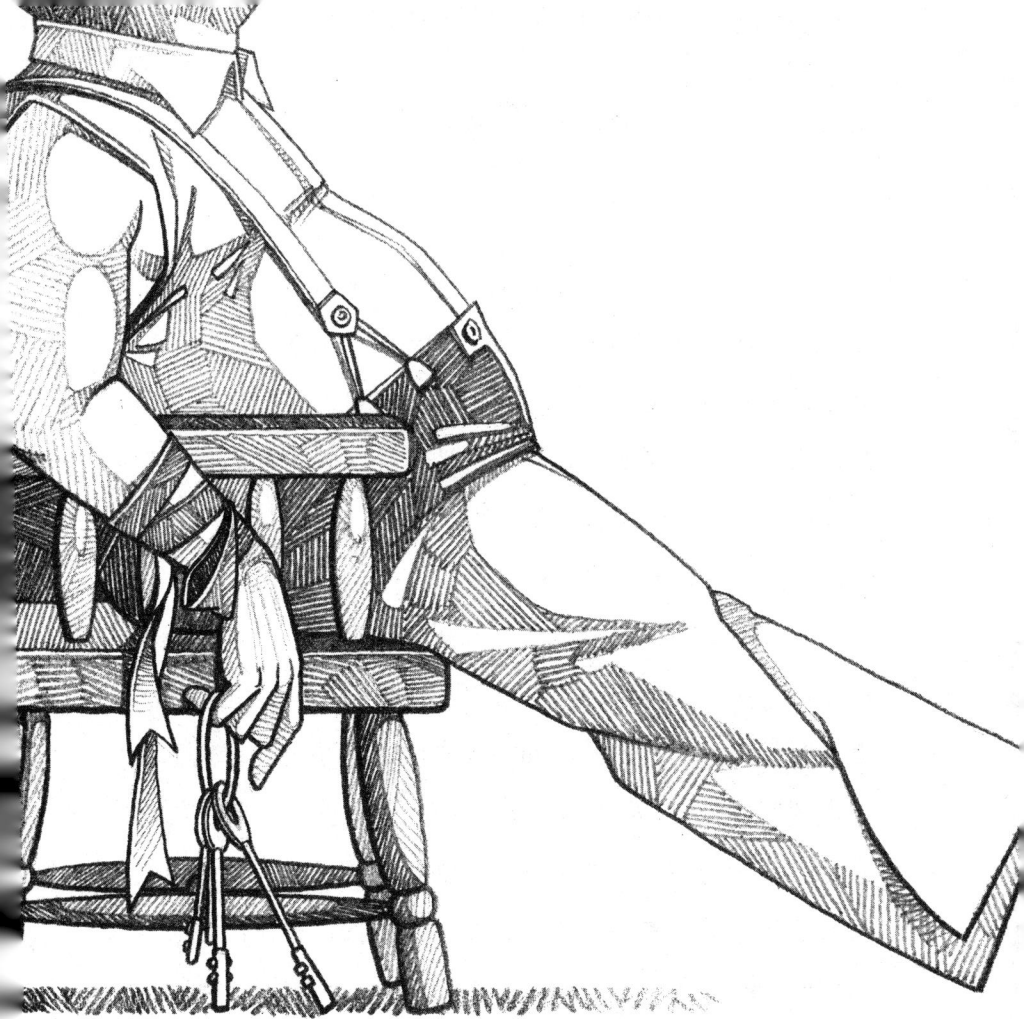

9. 奥薇特说："我们需要那串锁匙，
我敢打赌，它们一定可以打开旁边的铁门，
让我们弄到一艘帆船。"
"你是说，我们要偷一艘帆船？"克劳斯问。

美国邮政总局有个座右铭——"冰风雪雨都不能使邮政服务瘫痪。"这句话的意思是，不论天气有多么恶劣，即使邮差很想待在屋子里，享用一杯热可可，但他还是必须整装出门，帮你把邮件送达目的地。美国邮政总局不认为狂风暴雨可以阻止他们为人们服务。

然而，波特莱尔家的孤儿们沮丧地发现，无常号渡轮并没有这项服务。奥薇特、克劳斯和桑妮千辛万苦地走下山来，暴风雨愈来愈强烈，似乎只想把这三个孩子攫起，丢进断肠湖里去。奥薇特和桑妮在房子倒塌之际，来不及带走她们的外套，所以走下山丘时，三个孩子一路上轮流穿着克劳斯的外套。偶尔有一两辆车子经过时，他们便赶快躲进泥泞的灌木丛中，以免碰上讪船长。等他们终于走到达摩克利斯码头时，早已冻得牙齿打战，双脚也冰得失去了知觉。所以，当他们看到无常号渡轮的售票口挂着"关闭"的牌子时，简直再也无法忍受了。

"关门了！"克劳斯绝望地哭叫起来，他提高嗓门，好让声音可以盖过赫门飓风的声音，"我们现在要怎么去冰沉霜地洞啊？"

"我们得等到它开门。"奥薇特回答。

"可是暴风雨没有过去，门是不会开的，"克劳斯说，

"到那时，诅船长早就找到我们，把我们带走了。我们必须尽快找到约瑟芬姑妈才行啊！"

"我不知道还能怎么办，"奥薇特颤抖着说，"地图上说地洞在湖的对面，我们不能在这种天气游泳过去。"

"不不！"桑妮叫道，她的意思应该是："而且我们也不可能绕着湖走过去。"

"湖上一定还有别的船，"克劳斯说，"除了渡轮，还有汽艇，或是渔船，或是……"他愈说愈小声，当他的眼神碰到了他姐妹们的眼神时，三个孤儿都想到了同一件事情。

"或是帆船，"奥薇特替他说完，"诅船长的出租帆船，他说就在达摩克利斯码头。"

波特莱尔家的孩子们瑟缩在售票亭的雨篷下，往空寂的码头远处望去，那里有一个很高的大铁门。大门上面挂着一块招牌，上面写了一些看不清楚的字；旁边有一间简陋的木屋，在大雨中看不太清楚，木屋的窗子里却有一点灯光。孩子们抱着"不入虎穴，焉得虎子"的心情，走向诅船长的帆船出租店。

"我们不能过去。"克劳斯说。

"我们必须过去，"奥薇特说，"诅船长现在不在那儿，因为他不是在去约瑟芬姑妈家的路上，就是还在焦虑小丑餐厅。"

"可是不论是谁在那儿，"克劳斯指着闪烁的灯光说，"他都不会让我们租帆船的。"

"屋里的人并不知道我们是波特莱尔家的孩子，"奥薇特回答，"我们可以说我们是琼斯家的孩子，想要出游。"

"在这种暴风雨天？"克劳斯回答，"他们不会相信的。"

"他们会的。"奥薇特坚定地说，或者应该说，即使她不那么确定，却表现得很确定的样子。她带着弟弟妹妹往木屋走去。克劳斯把地图册放进胸口，而刚好轮到桑妮穿哥哥的外套，她用外套紧紧包住自己。很快，波特莱尔家的孩子们就走到了招牌的下面，招牌上写着"讪船长帆船出租——每艘船都是它自己的航程"。不过，这扇大铁门是锁着的，孩子们呆立在那儿，紧张得不知该不该走进旁边的木屋。

"我们去看看。"克劳斯指了指窗口，小声说。不过，对他和桑妮来说，窗子太高了。奥薇特踮起脚尖往窗里张望，然而，只消看一眼，她就知道他们别想租船了。

木屋很小，只容得下一张小桌子和一盏小灯，摇曳的灯光就是那盏小灯发出来的。桌子旁，一个大块头在椅子上打呼噜，一只手里拿着一个啤酒瓶，另一只手上拿着一

串钥匙。每当这个大块头打呼噜的时候，瓶子就抖一下，钥匙也叮咚作响，而木屋的门也嘎吱嘎吱地一开一合。虽然这些声音听起来令人毛骨悚然，但是奥薇特并不害怕。令奥薇特害怕的是，你不知道这个大块头是男是女。在这个世界上，像这样的人并不多，但是奥薇特知道有个人就是这个样子。或许你已经忘了欧拉夫伯爵那些邪恶的同伙们，但波特莱尔家的孩子们可不会忘记，他们还清清楚楚地记得那些人可怕的模样。那些人粗暴无礼又鬼鬼祟祟，而且对欧拉夫伯爵——或者，在这里应该是讪船长——言听计从，孩子们不知道他们什么时候会突然冒出来。而现在，在这个简陋的小木屋里，就冒出了这么一个危险、奸诈又打呼噜的家伙。

奥薇特的表情一定显得十分失望，因为她看了窗里一眼之后，克劳斯马上就问："怎么了？我是说，除了赫门飓风，约瑟芬姑妈假装死了，以及追着我们的讪船长之外，还有什么？"

"讪船长的一个同伙在屋子里。"奥薇特说。

"哪一个？"克劳斯问。

"看起来不男不女的那个。"奥薇特回答。

克劳斯不禁战栗起来："最恐怖的那一个。"

"我不这么觉得，"奥薇特说，"我觉得最恐怖的是秃头。"

"停呀！"桑妮叫着，她的意思可能是："咱们以后再讨论这个问题吧！"

"他，或是她，看到你了吗？"克劳斯问。

"没有，"奥薇特说，"他，或是她，在睡觉；可是他，或是她，手上拿着一串钥匙。我们需要那串钥匙，我敢打赌，它们一定可以打开木屋旁边的铁门，让我们弄到一艘帆船。"

"你是说，我们要偷一艘帆船？"克劳斯问。

"我们还有什么选择吗？"奥薇特说。偷窃，不但很不礼貌，而且是犯法的。不过，某些不礼貌的行为，在某种特殊情况下是可以被宽恕的，偷窃也是一样。比如，在博物馆里，如果你觉得某幅画在自己的屋子里可能看起来更好，于是把它拿走了，这就是不可原谅的；但是，如果你非常、非常饥饿，又没有其他办法拿到钱，于是你把画拿回家，然后把它吃掉，这可能就情有可原了。"我们必须尽快赶到冰沉霜地洞去，"奥薇特继续说，"唯一的办法就是偷一艘帆船。"

"这个我知道，"克劳斯说，"可是我们要怎么拿到钥

匙呢？"

"我也不知道。"奥薇特承认，"这个木屋的门吱吱嘎嘎的，我怕我们稍微打开一点，就会把他，或是她，吵醒。"

"你可以从窗户挤进去，"克劳斯说，"你可以站在我的肩膀上，桑妮帮忙把风。"

"桑妮，桑妮呢？"奥薇特紧张地问。

奥薇特和克劳斯看到地上只剩下克劳斯的外套堆成一团。他们又看看码头的方向，可是在这个愈来愈黑暗的傍晚，只看到无常号渡轮的售票亭和泛着泡沫的湖水。

"她不见了！"克劳斯叫了起来，奥薇特赶紧把手指放在嘴唇上让他闭嘴，然后踮起脚尖往窗里看。桑妮正侧着身子，悄悄挤进木屋的门缝，这样，不必把门打开，就可以溜进屋子里。

"她在里面。"奥薇特喃喃自语。

"在木屋里？"克劳斯惊恐地喘息道，"天啊！我们得把她弄出来。"

"她很慢、很慢地往那个人爬过去了。"奥薇特眼睛眨也不敢眨一下。

"我们答应过爸爸妈妈要照顾她，"克劳斯说，"我们不能让她做这种事。"

"她快要碰到钥匙环了，"奥薇特屏息说，"她正要把钥匙从那个人的手上拿下来。"

"别再告诉我了，"克劳斯说，此时天空划过一道闪电，"别再跟我讲发生什么事了。"

"她拿到钥匙了，"奥薇特说，"她把钥匙环咬在牙齿上，正往门口爬过来。她正要挤出来。"

"她成功了！"克劳斯惊讶地说。桑妮得意洋洋地往哥哥、姐姐这边爬过来，嘴里咬着钥匙。"奥薇特！她成功了！"克劳斯说着抱紧了桑妮。天空"轰隆"一声，传来了雷声。

奥薇特微笑着看着桑妮，可是当她再次往木屋里看去的时候，笑容立刻不见了。雷声把欧拉夫伯爵的同伙吵醒了。那个人看到自己原来拿着钥匙的手现在空空如也，又看到地板上桑妮留下的水印，接着往窗口看，正好跟奥薇特四目相对。

"她醒了！"奥薇特大叫道，"他醒了！那人醒了！快点！克劳斯，去打开铁门，我来绊住他。"

克劳斯二话不说，拿起桑妮嘴上的钥匙，跑向大铁门。钥匙环上有三把钥匙——一把又细又薄，一把很厚，另一把有锯齿。他把地图册放在地上，开始试那把又细又薄的

钥匙。这时，欧拉夫伯爵的同伙已经跑出木屋。

奥薇特鼓起勇气，挡在那人面前，露出楚楚动人的微笑。"下午好！"她说，她不太确定应该称眼前的人"先生"还是"女士"，"我好像迷路了，您可不可以告诉我该怎么搭无常号渡轮？"

欧拉夫伯爵的同伙没有回答，只是一步步逼近孤儿们。这把钥匙可以插进钥匙孔，却无法转动。克劳斯赶紧试试厚的那把钥匙。

"对不起，"奥薇特说，"我听不清楚，您可不可以告诉我……"

这个人什么话也没有说，抓起奥薇特的头发，单手就把她摇摇晃晃地提了起来，像是提着登山背包似的，把奥薇特拎到臭味冲天的肩膀上。克劳斯没办法把那把厚钥匙插进去，于是马上换另一把有锯齿的钥匙。此时，这个人又用另一只手举起桑妮，就像举着一个冰淇淋。

"克劳斯！"奥薇特尖叫，"克劳斯！"

锯齿状的钥匙也不合。克劳斯绝望地猛力摇晃铁门。奥薇特用力踢那个庞然大物的背，桑妮猛咬那人的手腕。可是这个人就像个巨人似的，孩子们只带来一点点痒——意思就是"一点儿也不痛"。欧拉夫伯爵的同伙把两个孩子攫住，笨重地走向克劳斯。绝望中，克劳斯再度把那把又细又薄的钥匙插入钥匙孔里。结果，令他惊喜的是，钥匙竟然可以转动了，随后，铁门开了。几英尺之外，六艘帆船用粗绳子绑在船坞上——这些帆船正可以带着他们去找约瑟芬姑妈。可是克劳斯还是迟了一步，他感觉到有东西抓住他的后领，接着他便双脚离地了。背后有一股湿湿黏黏的东西流下来，克劳斯惊恐地发现，这个人竟然是用他，或者她的嘴咬着他。

"放我下来！"克劳斯大叫，"放我下来！"

"放我下来！"奥薇特尖叫，"放我下来！"

"放放！"桑妮惊叫，"放放！"

然而，这个庞然大物一点儿也没有考虑孩子们的意见。他，或者她，笨重地转身，拎着三个孩子，往木屋走去。孩子们听到这人粗壮的双脚踩在泥泞的地上，发出了"啾、啾、啾、啾"的声音。没想到，这个人一不小心竟踩到了约瑟芬姑妈的地图册，"啾！"的声音变成了"咻！"欧拉夫伯爵的同伙赶紧伸出双手保持平衡，于是奥薇特和桑妮被抛在了地上。然后，这人狠狠地摔倒在地。大概是太惊讶了，他，或者她，不禁把嘴一张，就在这一瞬间，克劳斯也落地了。

鬼魅的大窗子

　　孤儿们趁机拔腿就跑，脚步比那个庞然大物快多了，他们跑向离得最近的一艘帆船。巨人挣扎着站起来，想抓住他们。不过，桑妮已经咬断了绑在岸边的绳索。当巨人跑到铁门的时候，孩子们已经在暴风雨中的断肠湖上了。借着傍晚昏暗的光线，克劳斯抹去巨人在地图册上留下的泥脚印，开始仔细地阅读起来。

　　约瑟芬姑妈的地图册又救了他们一次。上一次是指引他们冰沉霜地洞的所在，这一次则让他们安全脱险。

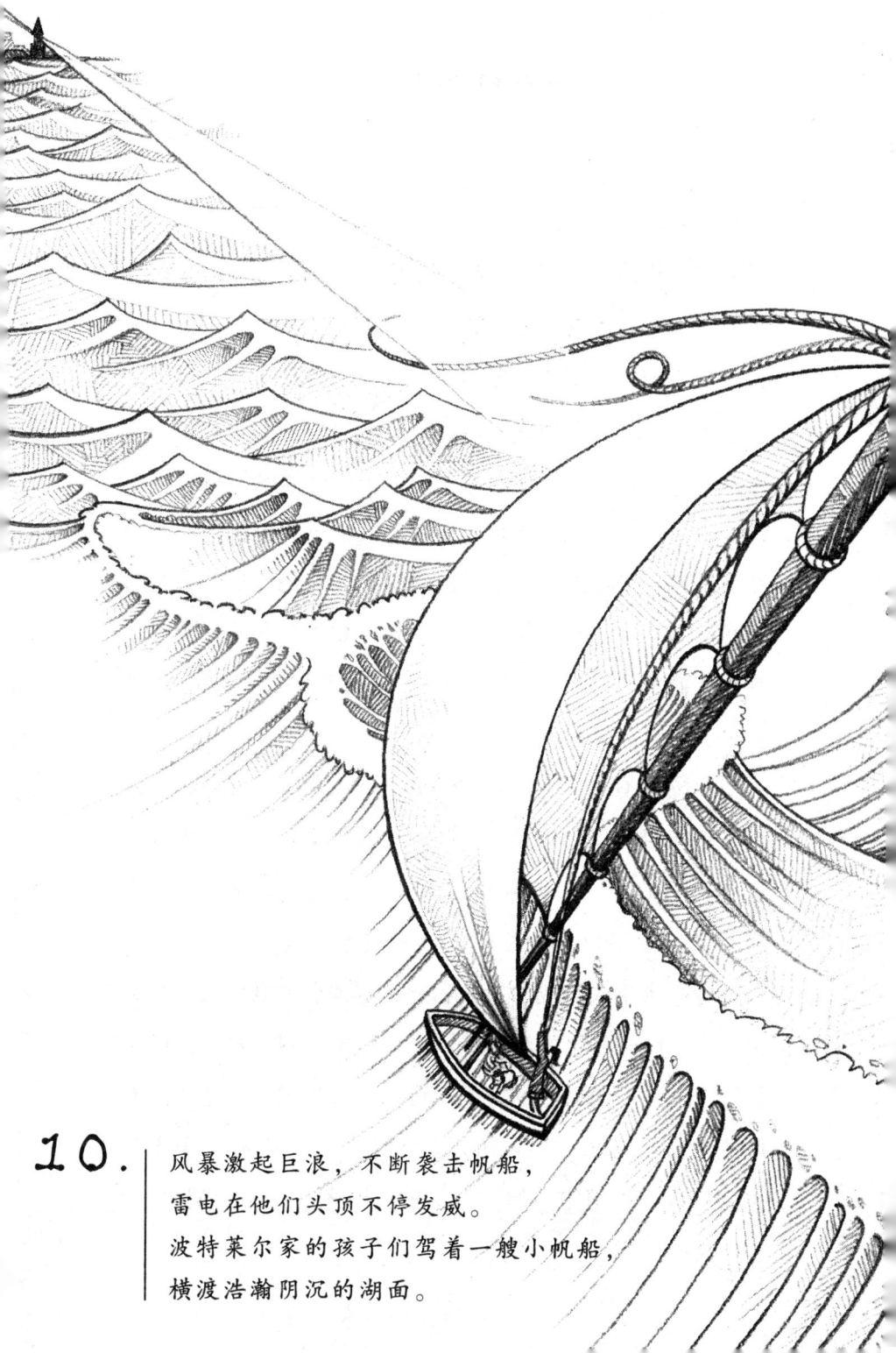

10. 风暴激起巨浪，不断袭击帆船，
雷电在他们头顶不停发威。
波特莱尔家的孩子们驾着一艘小帆船，
横渡浩瀚阴沉的湖面。

出版这本书的好人们告诉我，他们有一点担心。这个担心是，你读到我写的波特莱尔家孤儿们的故事时，可能会想模仿他们所做的一些事。所以，为了缓解——"缓解"在这里指的是"不要让他们因为太担心而拔光了自己的头发"——出版者的担忧，请容我在这里给你忠告，虽然我完全不认识你。这个忠告就是：如果你必须到冰沉霜地洞去，千万不要——不管在任何情况之下——去偷船，更不要在暴风雨中横渡断肠湖，因为这是非常危险的，你们活着回来的几率几乎等于零。特别是，如果你跟波特莱尔家的孤儿们一样，不太懂得应该如何驾驭一艘帆船，就更不该做这样的事。

欧拉夫伯爵的同伙站在码头上，挥舞着壮硕的拳头。风儿把帆船吹得离达摩克利斯码头愈来愈远，岸上的人影也变得愈来愈小。冒着赫门飓风的侵袭，奥薇特、克劳斯和桑妮着手检查他们刚偷来的帆船。这是一艘很小的船，有几张木头钉成的座位和五件鲜橘色的救生衣。桅杆上——"桅杆"指的就是"竖立在船中央的一根很高的木杆"——有一面肮脏的白帆，可以用绳索控制。地板上有两支桨，没有风的时候可以派上用场。后方有一个木头控制杆，可以用它控制方向。座位下还有一个金属水桶，

万一船进水了，可以用水桶把水舀出去。另外，还有一根竿子，尾端挂着渔网；一根钓鱼竿，尾部有个锐利的钩子；一个老旧的侦察望远镜，航行时可以用得上。三个孩子奋力穿上救生衣，断肠湖的狂风大浪把小船带得离岸越来越远。

"我看过一本教人怎么驾驶帆船的书，"克劳斯在大风大浪中拉高了嗓子喊，"我们必须让船帆迎向风，风就会推动我们前进。"

"那根控制杆就是舵柄，"奥薇特大叫，"我记得以前在研究舰船蓝图的时候，看过这个东西。舵柄是控制方向舵的，方向舵装在船底，可以导航船只。桑妮，坐到后面去，抓住舵柄。克劳斯，拿着地图，这样我们才知道应该往哪个方向前进。我来负责控制船帆，我猜，如果我拉这根绳子，就可以控制住它。"

克劳斯打开湿答答的地图册，翻到第一百零四页。"那个方向。"他指着右手边说，"看，乌云里有一点点光，太阳即将在那里下山，所以那边应该是西方。"

桑妮爬到帆船的后方，用她的小手抓住控制杆，一个大浪打上来，泼了她一身水。"咕噜！"她大声喊叫，意思是："根据克劳斯的指示，我要把控制杆拉到这个方向来，让船朝正确的方向走。"

　　狂风怒吼，暴雨抽打在他们身上，大浪拍打着船身。但是，让人惊异的是，帆船竟然开始朝着正确的方向前行。如果你这时候亲眼看到波特莱尔家的孩子们，你会以为他们的生命真是充满了趣味和快乐，因为此刻，即使早已身心俱疲、浑身湿透，又身处极大的危险之中，他们却发出了胜利的笑声。终于有一件事情对了，孩子们感到无比轻松。他们笑得好像是在看马戏表演，而不是在湖中央，不是在暴风雨里，更不是在麻烦堆里。

　　风暴激起巨浪，不断袭击帆船，雷电在他们头顶不停发威。波特莱尔家的孩子们驾着一艘小帆船，横渡浩瀚阴沉的湖面。奥薇特抓着绳索左摇右摆，只为了让船帆抓住不停改变方向的风；克劳斯睁大眼睛看着地图，确定他们不会驶向夺命漩涡或撞上骷髅暗礁；桑妮则随着奥薇特的手势移动控制杆。就在夜晚逐渐来临，天色暗得无法看清地图的时候，波特莱尔家的孩子们看到了一抹淡紫色的光线。孩子们以前觉得熏衣草的淡紫色是最恶心的，现在却很高兴看到它，因为这表示他们接近熏衣草灯塔了，很快就可以到达冰沉霜地洞了。暴风雨终于停歇了——"停歇"在这里的意思是"结束了"——乌云乍开，一轮满月高挂

天空。孩子们裹在湿透的衣服里浑身发抖，凝视着逐渐风平浪静的湖水，以及湖面上乌黑深沉的波纹。

"断肠湖其实很漂亮嘛！"克劳斯若有所思地说，"我以前从来没有注意到。"

"呀！"桑妮表示同意，并微微调整控制杆。

"我想那是受了约瑟芬姑妈的影响吧，"奥薇特说，"我们总是习惯从她的角度去看这个湖。"她拿起侦察望远镜，眯起眼睛往里面看，刚好看得到岸边，"我看到灯塔了，旁边的岩壁上有一个黑洞，我想那一定就是冰沉霜地洞的入口。"

没错！随着帆船逐渐靠近熏衣草灯塔，他们也接近洞口了。可是当他们往洞里张望时，却没看到约瑟芬姑妈的踪迹，什么也没有！暗礁刮着船底，这意味着水已经很浅了。奥薇特跳上崎岖的岩石，把帆船拉向岸边。克劳斯和桑妮也爬上岸，脱掉他们的救生衣。他们呆立在冰沉霜地洞的入口，心中充满忧虑。洞口有一块牌子，上面说这个洞要出售。孩子们无法想象，有谁会买这个超级非凡恐怖无比的地方——"超级非凡恐怖无比"在这里的意思是指"把你可以想到的所有恶心恐怖胆战心惊的字眼全部加起来"。地洞的入口满布着尖锐崎岖的岩石，就像鲨鱼嘴里的利齿一般。入口的上方，可以看到一些奇怪的白色岩石结构物，全部扭曲熔成一堆，看起来就像腐臭的牛奶似的；地上则布满了粉白灰岩。不过，让孩子们呆立洞口的并非这些景象，而是洞里传来的一个声音，那是一道高频率、若隐若现的呜咽声，绝望而失落，就像冰沉霜地洞一样怪异。

"那是什么声音？"奥薇特紧张地问。

"可能是风吧，"克劳斯回答，"我曾经读过，风穿过狭小的空间，譬如山洞，就会发出像鬼哭似的声音。没什么好怕的。"

孩子们没有移动脚步，洞里的声音也没有停止。

"我还是很怕！"奥薇特说。

"我也是。"克劳斯说。

"走走！"桑妮说着往洞口爬过去，她的意思可能是："我们偷了一艘帆船，在赫门飓风里横渡了断肠湖，可不是为了站在这里的。"哥哥、姐姐也很赞同桑妮的想法，便跟着她走进洞里。可怕的呜咽声更大了，在岩壁里回荡，现在孩子们可以确定，这不是风声。是约瑟芬姑妈，她瑟缩在山洞的角落里，双手抱着头，因为哭得太伤心，没有发现波特莱尔家的孩子们已经来了。

"约瑟芬姑妈，"克劳斯喊道，"我们来了。"

约瑟芬姑妈抬起头，孩子们看到她苍白的脸上满是泪水。"你们想出来了，"她抹去眼泪，站起身来，"我就知道你们会想出来的。"她说着，把孩子们拥入怀中。姑妈看看奥薇特，看看克劳斯，又看看桑妮，孩子们也看着她。跟姑妈一样，他们也流着泪，仿佛不太相信姑妈真的没有死，直到他们亲眼看到。

"我就知道你们是很聪明的孩子，"约瑟芬姑妈说，"我知道你们会读懂我的暗示。"

"是克劳斯想到的。"奥薇特说。

"可是奥薇特知道怎么驾驶帆船，"克劳斯说，"要不是她，我们到不了这里。"

"是桑妮偷的钥匙，"奥薇特说，"而且还帮忙控制舵柄。"

"哦！我真高兴你们办到了，"约瑟芬姑妈说，"先让我喘口气，然后我再帮你们搬东西。"

孩子们看看彼此。"什么东西？"奥薇特问。

"当然是你们的行李喽，"约瑟芬姑妈回答，"我还希望你们带了点食物来，因为我带来的差不多都吃光了。"

"我们没有带任何食物来。"克劳斯说。

"没有食物？"约瑟芬姑妈说，"如果没有带食物，你们要怎么跟我住在这个山洞里呢？"

"我们不是来跟您住在这里的。"奥薇特说。

约瑟芬姑妈伸手抓抓头，紧张兮兮地重新整理了一下头发。"那你们为什么要来这里呢？"她问。

"去！"桑妮大叫起来，她的意思是："因为我们担心您啊！"

"'去'不是个句子，桑妮，"约瑟芬姑妈严厉地说，"也许你的哥哥或是姐姐可以用正确的语法跟我解释，你们为什么来这里。"

"因为讪船长差点就要把我们抓去了，"奥薇特大声说，"每个人都以为您死了，而您又在遗书里面交代，要把我们留给讪船长照顾。"

"那是他逼我的，"约瑟芬姑妈哀诉，"那天晚上，他打电话来说他就是欧拉夫伯爵。他说，我必须写下把你们留给他照顾的遗愿，否则就要把我丢到湖里面去。我太害怕了，所以马上就答应了。"

"那您为什么不报警呢？"奥薇特问，"您为什么不通知波先生？您为什么不打电话向其他人求救？"

"你知道为什么的，"约瑟芬姑妈不太高兴地说，"我怕

用电话啊！我才刚克服万难去接电话，根本还不敢去按电话按钮。反正不管怎么样，我不需要打电话给任何人。我把一个脚凳丢出窗外，然后偷偷溜了出来。我留了张纸条让你们知道我没有死，把暗示藏在里面，这样，诎船长就不知道我逃掉了。"

"那您为什么没有带我们跟您一起走呢？为什么把我们单独留下来给我们自己？为什么不保护我们？"克劳斯问。

"这是不对的语法，克劳斯，"约瑟芬姑妈说，"你可以说'把我们单独留下来'，或者说'把我们留给自己'，但是不能两种都用，懂了吗？"

波特莱尔家的孤儿们又气愤又悲伤地看看彼此。他们懂了，约瑟芬姑妈更关心语法的对错，而不是这三个孩子的死活；他们懂了，约瑟芬姑妈只顾自己的恐惧，却从来没想过孩子们会发生什么事情；他们懂了，约瑟芬姑妈是个糟糕的监护人，让他们陷于危险之中，自生自灭；他们懂了，要不是父母亲——从来不会把他们独自留下，自己跑掉——死于那场可怕的大火，他们也不会开始这段不幸的生活。

"好了，今天教的语法够多了，"约瑟芬姑妈说，"我很高兴看到你们，也很欢迎你们跟我一起住在这里。我想，讪船长永远也不可能找到这里来的。"

"我们不要待在这里,"奥薇特失去了耐心,"我们要驾船回城里去,我们要带您跟我们一起走。"

"门儿都没有,基督菩萨,"约瑟芬姑妈说,用了"门儿都没有"来表示"不可能",而这跟基督菩萨一点儿关系也没有,不管他是谁,"我实在是太怕看到讪船长的脸了。在这次事件之后,我相信你们也会怕他才对。"

"我们本来就很怕他,"克劳斯说,"可是如果我们能证明他就是欧拉夫伯爵,他就得进监牢了。您就是人证,如果您告诉波先生这些事,欧拉夫伯爵就会被关起来,我们就安全了。"

"要说你们自己去说,"约瑟芬姑妈说,"我要待在这里。"

"他不会相信我们的,除非您跟我们一起去,证明您还活着。"奥薇特说。

"不行,不行,不行!"约瑟芬姑妈说,"我太害怕了。"

奥薇特深吸一口气,面对她那吓得半死的监护人。"我们都很害怕,"她坚定地说,"我们在市场碰到讪船长的时候,就很害怕了;我们一想到你跳到窗外去,就心有余悸;我们也怕让自己过敏;我们还怕去偷船;在暴风雨里横渡断肠湖更让我们怕得要命。可是这些都不能阻止我们。"

约瑟芬姑妈眼里充满泪水。"你们比我勇敢，可是我能怎么办呢？"她说，"我不会去驾船横渡断肠湖，我也不会去打电话，我这辈子都要住在这里，你们说什么都不能改变我的决定。"

克劳斯往前一步，掏出最后一张王牌，意思就是"说出一些最具说服力的话，来结束这场争论"。"冰沉霜地洞，"他说，"要被出售了。"

"那又怎么样？"约瑟芬姑妈说。

"那就是说，"克劳斯说，"不久就会有人来看这个地方，而这些人里面——"他戏剧性地停顿了一下，然后继续说道，"就会有房地产经纪人。"

约瑟芬姑妈张大了嘴，下巴好像要掉下来了，孩子们看到她的喉咙困难地吞咽下一口恐惧。"好。"她紧张地看了山洞一眼，仿佛房地产经纪人的影子已经躲在某处了。她终于开口说："我走!"

11. 啪！断肠水蛭又撞上小船，裂缝更大了，
船身又剧烈摇晃起来。
其中一只水蛭借着冲击力把自己甩上了船，
在甲板上扭来扭去，咬着牙寻找食物。

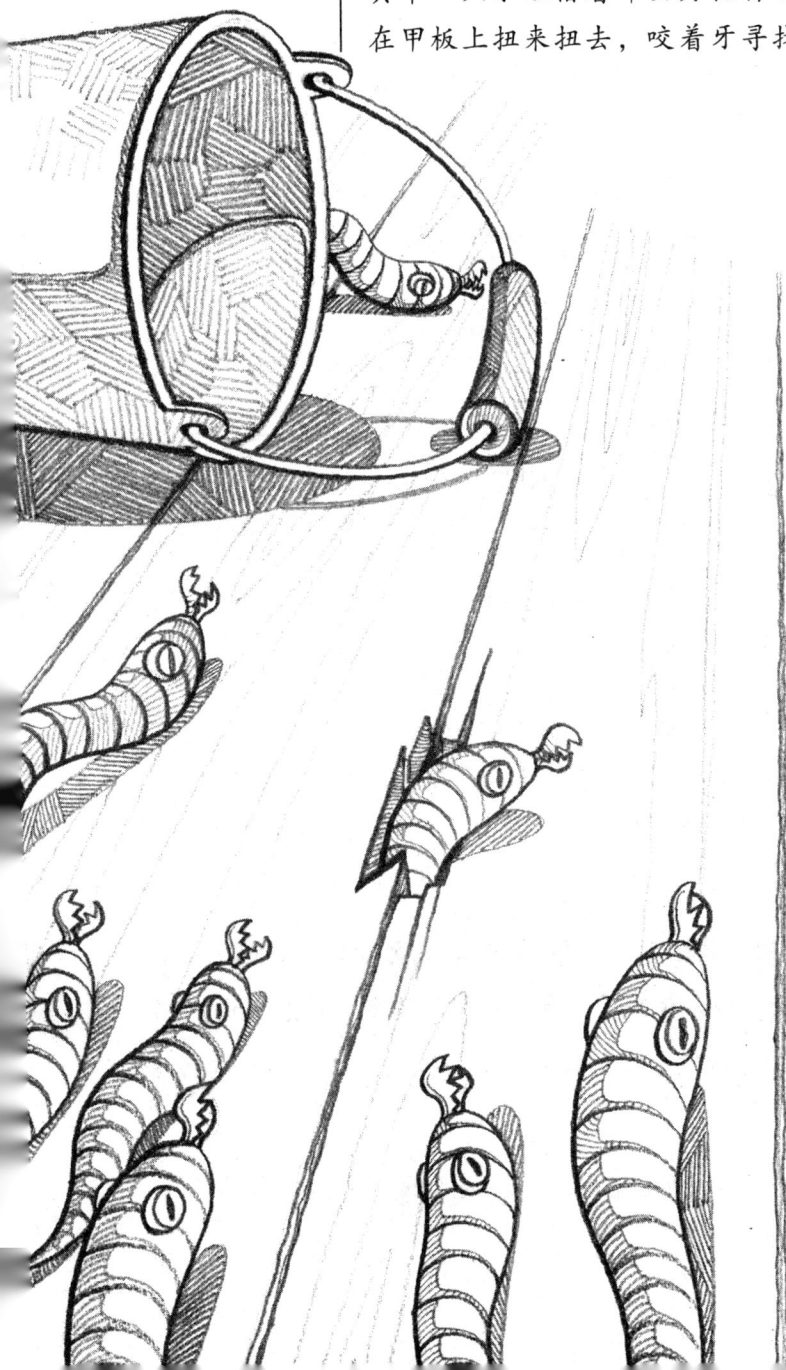

"天啊！不！"约瑟芬姑妈大叫。

孩子们全当没有听见。赫门飓风基本上过去了，现在驾着帆船渡湖已经没那么危险了。风平浪静，奥薇特很轻松就可以掌控船帆。克劳斯回头看着灯塔的淡紫色光线，确定他们正驶回达摩克利斯码头的方向。桑妮驾轻就熟地掌握控制杆，仿佛她已掌了一辈子舵似的。只有约瑟芬姑妈不停地尖声怪叫。她穿着两件救生衣，每隔几秒钟，就会听到她大喊："天啊！不！"即使根本没发生什么可怕的事。

"天啊！不！"约瑟芬姑妈说，"这次是真的了。"

"怎么了，约瑟芬姑妈？"奥薇特精疲力竭地问。船已经差不多驶到湖的中心，水面十分平静，灯塔的灯也还亮着，放出一束淡紫色光线。一切看起来都没什么好紧张的。

"我们就快要进入断肠水蛭出没的区域了。"约瑟芬姑妈说。

"我相信我们会安全度过的，"克劳斯说着，眯着眼往侦察望远镜里看了看，以确定看得到达摩克利斯码头，"您不是告诉过我们，这些水蛭其实是无害的吗？它们都以小鱼维生。"

"除非你刚刚吃过东西，否则水蛭是不会害人的。"约

瑟芬姑妈说。

"我们上次吃东西是好几个小时以前的事了,"奥薇特安慰她说,"我们最后吃的东西是在焦虑小丑餐厅吃的薄荷糖,那时候是下午,现在已经是半夜了。"

约瑟芬姑妈往下看看,又把屁股往船中央挪挪。"可是我吃了香蕉,"她小声说,"就在你们来之前。"

"天啊!不!"奥薇特说。桑妮停止移动控制杆,紧张地看着湖水。

"我确定这没什么好担心的,"克劳斯说,"水蛭是很小的动物,如果我们在水里,那才需要紧张,我不相信它们会攻击帆船。况且,赫门飓风可能已经把它们吓得离开这片水域了。我敢打包票,断肠水蛭根本不会出现。"

克劳斯刚讲完,不到几秒钟,又补上一句"怪怪了!"这句话是用在当你说到某件事情不会发生,偏偏却发生了的时候。举个例子,野餐的时候,你说:"希望不会下雪。"可是不到几分钟,暴风雪便来临了,那么你就可以说:"怪怪了!"然后把毯子和土豆沙拉收起来,尽快逃离现场,去找一家不错的餐厅避一避。现在,我相信你已经猜得出来克劳斯说这句话的时候,发生了什么事。

"怪怪了!"克劳斯看着湖水说。就在漆黑的漩涡外,浮现了一些光滑的东西，在月光下隐约可见。那些东西差不多只比手指头长一些，乍看之下，有点像有人在湖里游泳，把手指伸出水面。不过，人的手指只有十根，这些小东西却在几分钟之内冒出了上百只，饥渴地从四面八方向帆船涌过来。断肠水蛭游泳的时候，会发出一种细碎的窣窣声，好像有一堆人在你身边耳语什么恐怖的悄悄话。孩子们安静地看着这些小虫靠近船身，每一只水蛭都轻轻敲着木头，它们的小嘴失望地吸吮船身。水蛭看不见，但是它们可不是笨蛋，这些断肠水蛭知道它们吃到的不是香蕉。

"看吧，"克劳斯紧张地说，水蛭仍在继续吸吮，"我们很安全。"

"没错！"奥薇特说，虽然她不确定他们是否真的安全，真的不确定，但是最好告诉约瑟芬姑妈他们是安全的。"我们相当安全。"她说。

轻敲木头的声音没停，反而听起来愈来愈刺耳，也愈来愈大声。挫败是一种很有趣的情绪，因为它会带来最糟糕的行为。挫败的小孩会把食物丢得到处都是，制造一场混乱；挫败的人民会处决国王和王后，建立民主制度；挫败的飞蛾会撞击灯泡，把灯具搞得到处是灰。但是，跟小

孩、人民或飞蛾相比，水蛭是最让人感到恶心的。现在断肠水蛭已经感到挫败了，船上的每个人都神经紧绷地等着看这些挫败的水蛭下一步会做出什么更糟的事来。这些小东西不停地想要啃木头，但是它们的小牙齿除了制造出恶心的敲击声，实在无法有什么进展。突然，水蛭的轻敲声停止了，孩子们看着它们逐渐远离帆船。

"它们走了。"克劳斯松了一口气。然而，它们并没有离开。游到一定的距离之后，它们突然转身，回头群起冲向船身。好大一声"啪！"这些水蛭几乎同时撞上了船，帆船应声猛烈摇晃起来，换句话说，就是"几乎把约瑟芬姑妈和三个孩子抛向毁灭之途"。船上的四个人随着船只摇来晃去，差点儿掉进水里。水蛭再度离开，准备第二次攻击。

"咕噜看！"桑妮指着船边大叫。"咕噜看"当然不符合正确的语法，但即使是约瑟芬姑妈也明白，小家伙说的是："看，水蛭把船撞出一条裂缝了！"裂缝很小，大约跟一支笔一样长，跟头发一样宽，但是它微微向下弯出一个弧度，看起来好像在跟他们皱眉头似的。如果水蛭继续撞击船身，裂缝只会愈来愈大。

"我们得快一点，"克劳斯说，"否则这船很快就会裂成碎片。"

"可是船靠风航行，"奥薇特指出，"我们总不能叫风吹快一点啊！"

"我好怕啊！"约瑟芬姑妈哭叫着，"拜托别把我丢出去！"

"没有人会把你丢出去啊。"奥薇特失去了耐心。我要很抱歉告诉你，关于这点，奥薇特并没有说对。"拿好桨，约瑟芬姑妈。克劳斯，拿另外一支。如果我们同时用风帆、舵柄和桨，我们就可以快一点了。"

啪！断肠水蛭又撞上小船，裂缝更大了，船身又剧烈摇晃起来。其中一只水蛭借着冲击力把自己甩上了船，在甲板上扭来扭去，咬着牙寻找食物。克劳斯扭曲着脸，小心翼翼地走过去，想把水蛭踢出去，可它却吸附在他的鞋子上，并开始咬噬皮革。克劳斯发出恶心的叫声，猛甩他的脚，水蛭被甩到甲板上，扭动着脖子，嘴巴一张一合。奥薇特抓起拖网鱼竿的尾端，钩起水蛭，把它甩到了船外。

啪！裂缝更大了，水开始渗进来，在甲板上积了一个小水洼。"桑妮，"奥薇特说，"注意那摊水，如果水愈来愈多，就拿水桶把它舀出去。"

"喳!"桑妮大叫,意思就是:"我会的。"水蛭游开,发出恐怖的窣窣声,准备再次攻击帆船。克劳斯和约瑟芬姑妈拼了命划桨,奥薇特负责调整风帆,她一只手上还握着拖网鱼竿,随时准备把上船的水蛭丢出去。

啪!啪!两声更大的撞击传来,一声来自船边,另一声来自船底,两个地方都出现了裂缝。显然,现在水蛭分成了两队,踢球的时候这样不错,可如果你是在遭受攻击,那就不好玩了。约瑟芬姑妈惊恐地大叫起来。船上积了两摊水,桑妮马上放弃控制杆,开始把水往外舀。克劳斯也二话不说就把桨给扔了,因为上面也有一些小咬痕——那是断肠水蛭的杰作。

"划桨行不通了,"克劳斯向奥薇特报告,"如果我们继续划,桨会被水蛭咬光的。"

奥薇特看着桑妮舀了满满一桶水。"反正划桨也没用了,"她说,"船已经要沉了,我们必须求救。"

克劳斯望着漆黑沉静的湖水,除了帆船和水蛭之外,什么也没有。"在这个大湖当中,要去向谁求救?"他问。

"我们必须发出求救信号。"奥薇特说着将手伸进口袋,掏出一条丝带。她把鱼竿递给克劳斯,用丝带将头发扎起来,避免头发挡住她的视线。克劳斯和桑妮看着她,他们都知道，当姐姐想要发明东西的时候，就会把头发绑成这个样子，而他们现在极度需要一个新发明。

"没错，"约瑟芬姑妈对奥薇特说，"闭起你的双眼。每次害怕的时候，我就会这么做，这样可以阻挡恐惧，让我好过一点。"

"她不是要阻挡什么，"克劳斯说，"她是在集中注意力。"

克劳斯说对了。奥薇特聚精会神，努力地要想出一个发出求救信号的好办法。她想到火警警铃，有灯光闪烁，并发出很大的汽笛声。警铃是发出信号的绝佳方法，虽然波特莱尔家的孩子们知道消防队有时还是来得太晚，来不及挽救火场里的生命，但警铃仍然是一个很不错的发明。奥薇特想的就是运用现有的东西，制造出警铃的效果。她要制造一次很大的声响，引起别人的注意；然后还需要制造闪光，这样才能让人们知道他们所在的位置。

啪！啪！两队水蛭再度攻击小船，更多的湖水涌进了甲板。桑妮又开始把水装进桶子里，但奥薇特走过去把水桶从桑妮手中拿了过来。"啵啵？"桑妮大叫，她的意思是："你疯了不成？"但是奥薇特没时间回答她："不！我当然没有发疯。"她只是简单地说："没有。"她一手提着水桶，开

始往船桅上爬。要爬上船桅本来就够困难的，何况有一堆饥渴的水蛭敲击着船身，要爬上船桅就更难了。容我再提醒你一次，这又是另外一件不管在什么状况之下，都不要尝试去做的事。不过，奥薇特·波特莱尔是个爬杆高手，这个词儿在此处的意思是"某人在水蛭攻击船只的时候，可以迅速地爬上船桅"。因此，她很快就爬上了船桅顶端，把水桶高高挂在上面，让它左摇右摆，钟塔上的钟就是这样摇摆的。

"我不是想打断你，"克劳斯叫着，用鱼竿钩起一只水蛭，奋力把它甩出船外，"可是船真的快要沉了，拜托快一点。"

奥薇特迅速地抓住船帆的一角，深吸一口气，然后向下跳上甲板。正如她所希望的，船帆在她向下跳的时候被撕裂了一大片，减缓了她的着地速度。船上已经积了不少水，奥薇特落地时溅了约瑟芬姑妈一身。水蛭愈来愈多，克劳斯加快了丢水蛭的动作。

"我需要您的桨，"奥薇特说着把帆布揉成一团，"还有您的发网。"

"你可以把桨拿去，"约瑟芬姑妈说着把桨递给奥薇特，"但是我需要发网，它可以固定住我的发髻。"

"把发网给她！"克劳斯大叫着跳上木头座位，因为一只水蛭正要咬他的膝盖。

"可是我很怕让头发披在脸上。"约瑟芬姑妈嘀嘀咕咕地说，此时另一堆水蛭又撞上了船。

"没时间跟您争辩了！"奥薇特叫道，"我正试着要救我们其中每个人的命，马上给我发网！"

"正确的说法，"约瑟芬姑妈说，"应该是'救我们大家的命'，而不是'我们其中每个人的命'。"奥薇特真是听够了。她撩着水，避开两只蠕动的水蛭，向前一步把约瑟芬姑妈头上的发网扯了下来。她把揉成一团的船帆塞进发网里，然后拿来鱼竿，把这团布球钩在鱼钩上，看起来好像要去钓鱼，而这种鱼喜欢把发饰当作食物吃。

啪！啪！帆船往右倾斜，又往左倾斜。水蛭群差点就要从船边冲上来了。奥薇特把桨靠着船边，上下用力地快速移动。

"你在干什么？"克劳斯问的同时，又钩起三只水蛭。

"我在摩擦生热，"奥薇特说，"擦动两块木头就可以摩擦生热，然后就可以产生火花。有了火花，就可以点燃帆布和发网，我要用来发信号。"

"你要生火？"克劳斯大叫，"可是火更危险啊！"

鬼魅的大窗子

"不会，我会用鱼竿把火高高举在头上。"奥薇特说，"我还会敲打水桶，像敲钟一样，那样就可以发出信号求救。"她不停地摩擦船桨和船缘，却没有出现火花。悲惨的事实是，木头在断肠湖上经历了赫门飓风后，已经太潮湿了，无法生火。这虽然是个不错的点子，可是奥薇特明白，在不停的摩擦之后，没起任何效果，就表示这个点子是错的。啪！啪！奥薇特看着约瑟芬姑妈和她吓坏了的弟弟妹妹，心中的希望迅速流失，速度就像涌进船里的水一样快。"没有用！"奥薇特绝望地说，泪水流下了她的双颊。她想到自己曾经承诺过父母，会永远照顾弟弟妹妹。水蛭群围绕着下沉中的小船，奥薇特害怕她再也不能活着履行自己的诺言了。"没有用！"她又说了一次，沮丧地丢下船桨，"我们需要火，可是我没办法发明火。"

"没关系！"即使事实并非如此，克劳斯还是说，"我们会想出别的办法。"

"擦擦！"桑妮说，她的意思是："别哭！你尽力了。"可是奥薇特还是哭了。重要的是尽力了，说起来挺容易，可如果你真的惹祸上身，最重要的就不只是尽力，而是要平安度过。船身左摇右晃，水不断从裂缝涌进来。奥薇特哭，是因为目前看来根本不可能平安度过险关。她的双肩因为哭泣而颤动着，她把侦察望远镜拿起来，只能无助地盼望着刚好附近有船，或者涨潮可以把他们推向岸边。然而，眼里只见一轮明月倒映在波光粼粼的湖面上。这倒是很幸运的一点，当奥薇特看到月亮闪闪发光的倒影，马上想起光线聚合和折射的科学原理。

光线聚合和折射的科学原理是蛮让人头痛的，老实说，我压根儿搞不清楚，即使我的好朋友洛伦茨博士曾经跟我解释过，我还是摸不着头脑。不过奥薇特可清楚得很，她立刻就想起小时候，当她开始对科学感兴趣时，父亲曾经告诉过她的一个故事。父亲小时候，有一个可怕的堂妹，她很喜欢火烧蚂蚁，每次都用放大镜聚焦阳光生火。火烧蚂蚁，没话说，绝对是一种可憎的嗜好——"可憎的嗜好"在这里指的是"欧拉夫伯爵在你这个年纪喜欢做的事"——不过，这个故事却让奥薇特想到，可以用望远镜的镜片来聚焦月光起火。分秒必争，她抓起望远镜，拆下镜片，看着月亮，飞快地计算了一下，然后把两片镜片重叠成某个角度。

月光穿过镜片，聚焦成一束细长的光，直直穿进约瑟芬姑妈发网网住的那团帆布里。一会儿之后，光束变成了

一小点火花。

"奇迹出现了！"克劳斯大叫，火焰生起了。

"太神奇了！"约瑟芬姑妈大叫。

"嘎比！"桑妮也跟着叫。

"这是一种光线聚合和折射的科学原理！"奥薇特抹去泪水，大喊道。她小心地避开水蛭，把火焰举到船前端去。她用一只手举着船桨敲打水桶，制造出很大的噪音，好引起注意；又用另一只手把着了火的鱼竿举高，让别人可以看到他们的位置。奥薇特抬头望着自制的信号，这都要归功于父亲跟她说过的那个愚蠢的故事。父亲那个以火烧蚂蚁为乐的堂妹听起来似乎是个可恶的家伙，可是如果她现在突然出现在这艘帆船上，奥薇特肯定会给她来一个大大的拥抱。

求救信号虽然发出去了，却带来了忧喜参半的结果，意思就是"一则以喜、一则以忧"。有人几乎马上就看到了信号，因为那个人早就在湖上航行了，他即刻往波特莱尔三姐弟的方向前进。奥薇特、克劳斯、桑妮，甚至是约瑟芬姑妈看到另一艘船驶过来时，都展开了欢颜。他们得救了，这是喜的部分。当船逐渐靠近，他们看清楚是谁在驾船的时候，笑容立刻僵住了。约瑟芬姑妈和孤儿们看到那根木头义肢、那顶海军蓝水手帽和那道一字眉，就知道是谁来拯救他们了。是汕船长，没错，这大概是全世界最令人忧愁的那一半了。

12.

克劳斯趴在船边，伸手去抓。
幸好约瑟芬姑妈穿了两件救生衣，
她浮在水面上，两手在空中挥舞，
但是水蛭正游向她。

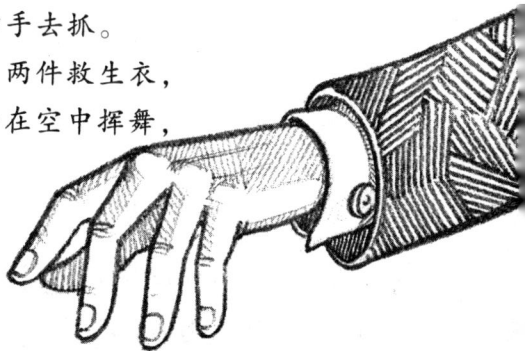

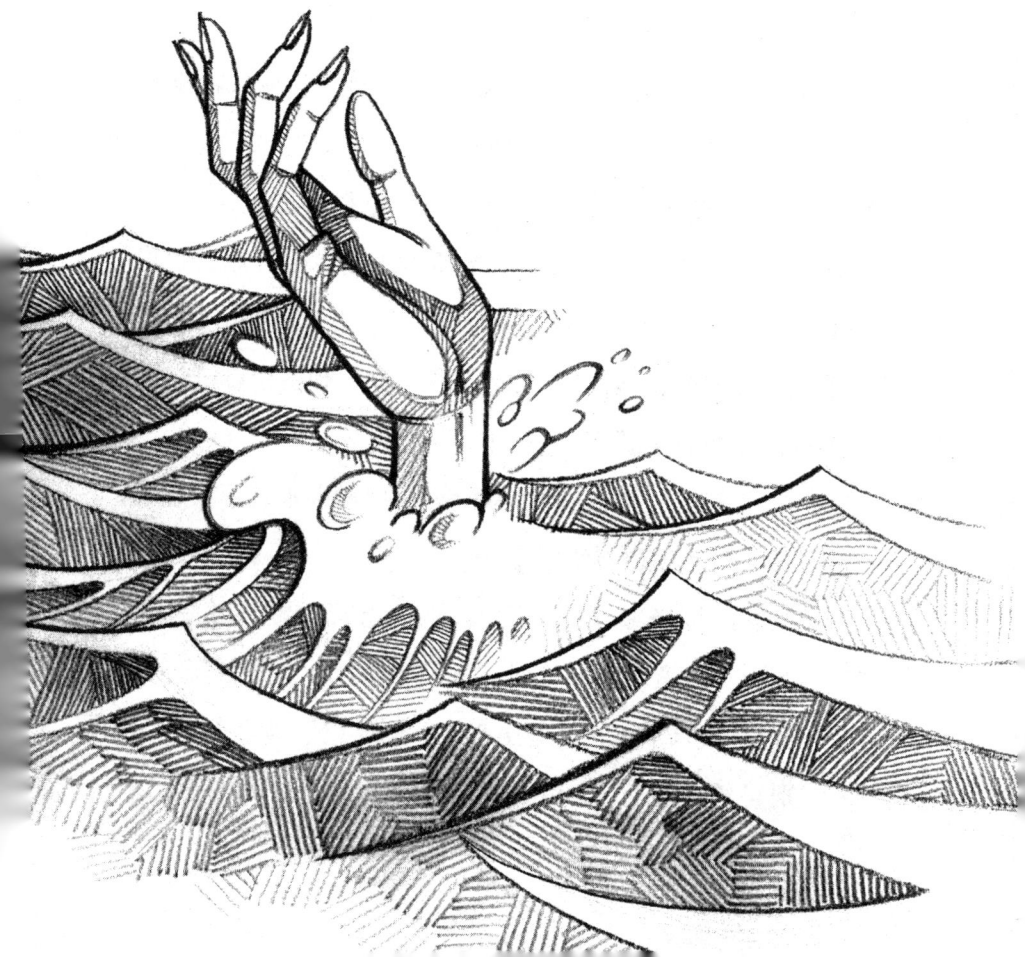

"欢迎上船!"讪船长龇牙咧嘴地笑着,露出一口污秽的黄板牙,"很高兴看到大家。老太婆的房子掉到山下去的时候,我还以为你们都死了。幸运的是,我的伙伴告诉我,你们偷了一艘船跑掉了。还有你,约瑟芬——我以为你采取了明智的行为,跳到窗外去了。"

"我试着要采取明智的行为,"约瑟芬姑妈愠怒地说,"可是这些孩子跑来找我了。"

讪船长是个驾船能手,他把船靠紧孩子们偷来的那艘帆船,让约瑟芬姑妈和孩子们可以越过蠕动的水蛭,一脚跨到他的船上来。他们原来的那艘帆船很快就浸满了水,往深不见底的湖里沉下去了。断肠水蛭围绕着沉船,狠狠地磨着它们的牙齿。"你们不谢谢我吗,孤儿们?"讪船长指着沉船激起的漩涡问,"要不是我,你们现在全都进这些水蛭的肚子里去了。"

"要不是你,"奥薇特激动地说,"我们根本就不会在断肠湖上,这一切都不会发生。"

"你们应该怪罪这个老太婆,"他指着约瑟芬姑妈说,"自己装死算是蛮聪明的,但还不够聪明。波特莱尔家的财产——还有,真不幸,这些小家伙——现在都属于我了。"

"别可笑了你!"克劳斯说,"我们才不属于你,永远

也不。只要我们告诉波先生这些事，他就会把你送进牢里去。"

"是吗？"讪船长说着将帆船掉头，往达摩克利斯码头驶去，他的独眼闪闪发光，仿佛他讲的是个笑话，"波先生会把我送进牢里，啊？怎么会呢，波先生已经在处理你们的领养手续了。过不了几个钟头，你们就是奥薇特·讪、克劳斯·讪和桑妮·讪了。"

"去！"桑妮尖叫道，意思就是："我是桑妮·波特莱尔，我永远都是桑妮·波特莱尔，除非我自己决定要合法更改我的名字！"

"等我们跟波先生解释，你强迫约瑟芬姑妈写那张纸条，"奥薇特说，"他就会把那些领养文件撕成碎片的。"

"波先生不会相信你们的，"讪船长咯咯发笑，"他为什么要相信跑去偷船的三个顽皮鬼的话？"

"因为我们说的是事实！"克劳斯大叫。

"事实？狗屁事实！"讪船长说。如果你不在乎某件事情，有一个表达方式就是在你说的话前面加上"狗屁"这两个字。举例来说，如果某人不在乎牙医，他就可以说："牙医，狗屁牙医！"不过也只有像讪船长这种卑鄙的小人才会不在乎事实。"事实，狗屁事实！"他又说了一遍，"我想波先生会更相信令人尊敬的租船老板，这个人还在暴风雨里出航拯救三个不知感恩的偷船贼。"

"我们只是偷一艘船去把约瑟芬姑妈从山洞里救出来，"奥薇特说，"她会把你的邪恶计划告诉每个人。"

"可是没有人会相信这个老太婆，"讪船长不耐烦地说，"没有人会相信一个死人。"

"你两只眼睛都瞎了吗?"克劳斯问，"约瑟芬姑妈没有死!"

讪船长又笑了。他看向湖面，就在几英尺之外，断肠水蛭正朝着讪船长的船游过来。它们找遍了波特莱尔家孩子们的船，却没发现任何食物，知道它们被骗了，便循着约瑟芬姑妈的香蕉味道跟了过来。"她还没死。"讪船长说，声音听起来非常恐怖。他向她靠近一步。

"天啊! 不!"约瑟芬姑妈眼里充满恐惧。"不要把我丢下船去，"她苦苦哀求，"求求你!"

"你不会向波先生揭发我的计划，"讪船长说着又向这位吓坏了的女士逼近一步，"因为你就要跟着你的爱人伊克一起沉到湖底去了。"

"不会的，"奥薇特说着，抓起一条绳子，"在你行动之前，我会把船开到岸边去。"

"我会帮忙。"克劳斯说完，跑到船尾，抓住控制杆。

"叽咕！"桑妮也大叫，她的意思应该是："我会保护约瑟芬姑妈。"她爬到他们的监护人前面，对着讪船长露出她的牙齿。

"我保证不会对波先生说任何事！"约瑟芬姑妈绝望地说，"我会到别的地方去躲起来，永远不出现！你可以说我死了！你可以拥有财产！你可以拥有这些孩子！就是别把我丢给水蛭！"

波特莱尔家的孩子们惊恐地看着他们的监护人。"您应该要照顾我们，"奥薇特震惊地告诉约瑟芬姑妈，"而不是把我们丢掉！"

讪船长停了一下，似乎在考虑约瑟芬姑妈的条件。"你说到了一个重点，"他说，"我其实并不需要杀了你，只要人们以为你死了就好。"

"我会改名字！"约瑟芬姑妈说，"我会把头发染色！我会戴有色的隐形眼镜！我会走得很远、很远！永远没有人能找到我！"

"那我们怎么办，约瑟芬姑妈？"克劳斯惊恐地问，"我们怎么办？"

"闭嘴，孤儿们！"讪船长怒气冲冲地说。断肠水蛭跟来了，又开始啃噬木头。"大人在讲话。老太婆，真希望我能相信你，但是你并非不是个值得信赖的人。"

"并非是个。"约瑟芬姑妈抹去泪水，纠正他。

"什么？"讪船长问。

"你犯了一个语法上的错误，"约瑟芬姑妈说，"你说'并非不是个值得信赖的人'，但你应该说'并非是个值得信赖的人'，或者'并不是个值得信赖的人'。在这里如果用双重否定，就会表达出完全相反的意思。"

讪船长眯起他那只闪亮的眼睛，嘴角露出一抹可怕的微笑。"谢谢你的指点。"他说着，又往约瑟芬姑妈靠近最后一步。桑妮爬向他，他俯视桑妮，迅速抬起他的义肢，把桑妮一脚踢到船的另一头去。"让我确定一下，我是不是把语法课都了解透彻了，"他若无其事地对着这位全身发抖的监护人说，"你不会说'约瑟芬·安惠赛曾经被丢到船下去喂水蛭'，因为这样说是不正确的。但是如果说'约瑟芬·安惠赛已经被丢到船下去喂水蛭'，这样就对了吧？"

"是，"约瑟芬姑妈说，"啊，不！我是说，我的意思是……"

但是约瑟芬姑妈永远也无法说清楚她的意思了。讪船长伸出两只手，把她狠狠地推下船去。她伸手抓了个空，

扑通一声掉进了断肠湖里。

"约瑟芬姑妈!"奥薇特哭叫,"约瑟芬姑妈!"

克劳斯趴在船边,伸手去抓。幸好约瑟芬姑妈穿了两件救生衣,她浮在水面上,两手在空中挥舞,但是水蛭正游向她。讪船长扬起船帆,克劳斯抓不到她。"你这个恶魔!"他对着讪船长咆哮,"你这个可恶的恶魔!"

"这是你跟父亲讲话的态度吗?"讪船长冷静地说。

奥薇特奋力抢夺讪船长手中的绳索。"把船开回去!"她怒吼,"掉头回去!"

"休想!"他回答,"跟老太婆挥手道别,孤儿们,你们再也看不到她了。"

克劳斯极力往前趴,全力呼叫:"别担心,约瑟芬姑妈!"声音却充满了担心。船已经离约瑟芬姑妈有一段距离了,孩子们只能看到她苍白的手,在漆黑的湖水中向他们挥舞。

"她还有机会,"前往码头的途中,奥薇特冷静地对克劳斯说,"她穿着救生衣,而且她很会游泳。"

"没错!"克劳斯颤抖着说,声音充满了哀伤,"她一辈子都住在湖边,或许她知道逃跑的方法。"

"阿弥!"桑妮也沉静地说,意思是:"我们能做的就是怀抱着希望。"

　　讪船长独自掌舵，三个孤儿只能在寒冷中，恐惧地紧紧抱住彼此。他们什么也不敢做，只有不停地祈祷。约瑟芬姑妈在他们心中的形象早已跌落谷底。波特莱尔家的孩子们和姑妈一起共度的时光，并不是一段十分美好的回忆。这并非因为她总是煮一些冷冰冰的恐怖食物，或为他们选择了他们不喜欢的新监护人，也不是因为她总是不断地纠正孩子们的语法，而是因为她对每件事都如此恐惧，这使得享受生活成为不可能。最糟的是，约瑟芬姑妈的恐惧使她成了一个糟糕的监护人。监护人应该和孩子们在一起，保证他们的安全，约瑟芬姑妈却在危险发生的第一秒就跑掉了。监护人应该在困难中尽力帮助孩子们，约瑟芬姑妈却在孩子们需要她的时候，自己跑到冰沉霜地洞去躲起来。监护人应该在危险中保护孩子们，约瑟芬姑妈却把孩子们送到讪船长手中，以换取她自己的安全。

　　但是，尽管约瑟芬姑妈犯了这么多过错，三个孤儿却仍然关心她。她曾经教他们许多事，虽然大部分都是些无聊的东西。她给他们一个家，虽然这个家冷如冰库，也抵挡不了暴风雨。孩子们知道，约瑟芬姑妈就像他们一样，在她自己的生命中，也曾经历过一些可怕的事。所以，当

姑妈消失在他们的视线之外，达摩克利斯码头的灯光逐渐靠近的时候，奥薇特、克劳斯和桑妮并没有暗自咒骂着"约瑟芬，狗屁约瑟芬"，反而在心里想着："我们希望约瑟芬姑妈能够平安。"

讪船长把帆船靠岸，熟练地系好缆绳。"过来，小白痴们。"他一边说着，一边领着波特莱尔家的孩子们穿过招牌闪闪发光的高大铁门。波先生正在那儿等着他们，手上拿着他的手帕，看上去松了一口气。站在波先生旁边的就是那个怪人，他或她的脸上挂着得意洋洋的表情。

"你们平安了！"波先生说，"谢天谢地！我们都很担心你们呢！当讪船长和我到达安惠赛家时，看到整个房子都掉到水里去了，我们还以为你们也掉下去了呢！"

"好在我的伙伴告诉我，他们偷了一艘帆船，"讪船长对波先生说，"他们的船差点就被赫门飓风毁掉了，还碰上了一群水蛭，幸好我及时救了他们。"

"他才没有！"奥薇特大叫，"他把约瑟芬姑妈丢进了湖里！我们是要去找姑妈，拯救姑妈的。"

"孩子们一定是太伤心了，脑子都糊涂了，"讪船长眼里闪着光芒说，"身为他们的父亲，我想他们需要好好地睡一觉。"

"他才不是我们的父亲！"克劳斯喊道，"他是欧拉夫伯爵，是个杀人魔！波先生，请通知警察来，我们要去救约瑟芬姑妈！"

"亲爱的，"波先生咳了几声，然后说，"你真的是迷糊了，克劳斯！约瑟芬姑妈已经死了，记得吗？她把自己丢出了窗外。"

"不对，不对！"奥薇特说，"她留下的纸条上有一个暗示，克劳斯已经把迷解出来了，那就是'冰沉霜地洞'。准确一点说，应该是'冰沉霜地洞的暗语'。"

"你们在说些什么？"波先生说，"什么地洞？什么暗语？"

"克劳斯，"奥薇特说，"拿纸条给波先生看。"

"你们可以明天早上再给他看，"汕船长虚情假意地说，"你们需要好好睡一觉。我和波先生在这里把领养文件搞定，我的伙伴会带你们到我的住处去。"

"可是……"克劳斯说。

"没什么可是的，"汕船长说，"你很恼人啊，意思就是'让我很生气'。"

"我知道那是什么意思。"克劳斯说。

"请听我们说，"奥薇特恳求波先生，"这事关生死，求

求您只要看一眼纸条就好。"

"你可以给他看纸条，明天早上，"讪船长说，声音渐渐带了怒气，"现在，请你们跟我的伙伴到我的小货车去，然后滚上床去睡觉。"

"等一下，讪船长，"波先生说，"如果孩子们真的这么在意，我还是看一下纸条好了，只要一下子。"

"谢谢您！"克劳斯松了一口气。他想拿出纸条，可是当他伸手进口袋时，脸色马上转成了失望。我想你也猜到原因了。如果你把纸条放在口袋里，然后又经历了一场暴风雨，那张纸条，不管它是多么重要，还是会变成一团纸糊的。克劳斯从口袋里抓出了一团湿乎乎的纸屑，三个孩子看着那团纸残骸，实在很难相信那曾经是一张写着秘密的纸条。

"这就是纸条，"克劳斯把纸团拿给波先生，"您要相信我们的话，上面真的写着约瑟芬姑妈本来还活着的暗语。"

"她现在也可能还活着！"奥薇特哭喊道，"求求您，波先生，派人去救她吧！"

"天啊，孩子们！"波先生说，"你们太悲伤、太忧虑了，但是你们不用再担心了，我永远都会支持你们的，而且我相信讪船长一定会好好地抚养你们的。他的生意很稳定，看起来也不像是会把自己丢到窗外去的样子，并且很显然，他非常关心你们——为什么呢，因为他在暴风雨中独自出去找你们。"

"他唯一关心的，"克劳斯恨恨地说，"只是我们的财产而已。"

"怎么会？根本不是这样，"讪船长说，"我不要你们一毛钱，当然，除了赔偿你们偷掉并损毁的帆船之外。"

波先生皱了皱眉头，往他的手帕中咳嗽了几下。"嗯，这倒是个令人惊讶的要求，"他说，"不过我想这还可以再讨论一下。现在，孩子们，在我跟讪船长签署最后的文件时，请到你们的新家去吧。明天早上，我回城里去之前，我们说不定还可以一起吃个早餐。"

"求求您，"奥薇特哭着，"求求您，难道您真的不听我们的？"

"拜托，"克劳斯哭着，"拜托，难道您不相信我们？"

桑妮什么也没有说，她已经好一阵子都没有开口了，要不是她的哥哥、姐姐正忙着跟波先生解释，他们一定会注意到，桑妮根本没有在看这些说话的人，连头也没有抬一下。在他们讲话的当儿，桑妮一直愣愣地看着前方，对于婴儿来说，你会知道这表示她正在看着某人的腿。她看的不是别人的腿，正是诎船长的；她不是看着右腿，右腿完全正常，她看的是左腿，那条磨得光滑乌溜的木腿，用金属环扣扣在他的左膝盖上。桑妮仔细地盯着它。

桑妮就像著名的希腊征服者亚历山大大帝一般；在这紧要关头，插进这么一段，你可能会觉得很惊讶。亚历山大大帝是两千多年前的人，他其实是亚历山大三世，"大帝"是他要人们这么称呼他的。他带着大军进入别人的土地，自立为国王。除了侵略别人的国家，强迫别人听他的话以外，亚历山大大帝还有一件事很出名，称作"戈尔迪之结"。国王戈尔迪将这个奇妙的绳结献给亚历山大大帝，并声称，如果亚历山大大帝能够解开这个结，他就能统治整个王国。但是，一直所向披靡的亚历山大大帝才不想花脑筋思考如何解开这个结，他直接抽出宝剑，把绳结劈成了两半。这当然是一种狡猾的做法，但是亚历山大大帝手下有太多的军队了，国王也无法跟他争辩，所以很快，这个地方的所有人民都向亚历山大大帝下跪称臣。从此之后，"戈尔迪之结"就特别用来指难以解决的棘手问题，而如果你用很简单的方法解决了这个难题——即使手段有点粗鲁——你就是劈开了戈尔迪之结。

波特莱尔家的孤儿们现在所面临的难题，确实可以称作是戈尔迪之结，因为这问题简直不可能解决。这问题，当然就是讪船长的卑鄙计谋眼看就要成功，而现在正在进行的解决之道，是要说服波先生。但是，约瑟芬姑妈已经被湖水吞蚀了，她的纸条也成了一团浆糊，奥薇特和克劳斯根本无法说服波先生。另一方面，桑妮紧盯着讪船长的腿，想到了一个简单的方法，就算它很粗暴，也没有办法，因为这是解决问题的唯一方法了。

正当所有比她高的人都在争论的时候，没有人注意到桑妮，这个波特莱尔家最小的孩子正慢慢爬向那根义肢，然后张开嘴，死命地咬住它。幸运的是，桑妮的牙齿就像亚历山大大帝的宝剑一样锐利，讪船长的义肢"咔!"一声裂成了两半，这时，所有的人终于都低下头来看发生了什么。

我想你一定猜到了，这义肢是假的，它裂成两半后，露出了讪船长真正的腿，从膝盖到脚趾头，苍白而沾满了汗水。然而，众人感兴趣的不是膝盖，也不是脚趾头，而是脚踝。在讪船长苍白的皮肤上，正是这个难题的解决之道。桑妮咬下义肢，就代表她劈开了戈尔迪之结，因为当义肢的木头裂成两半，掉到达摩克利斯码头的地上时，每个人都看到了那个眼睛刺青。

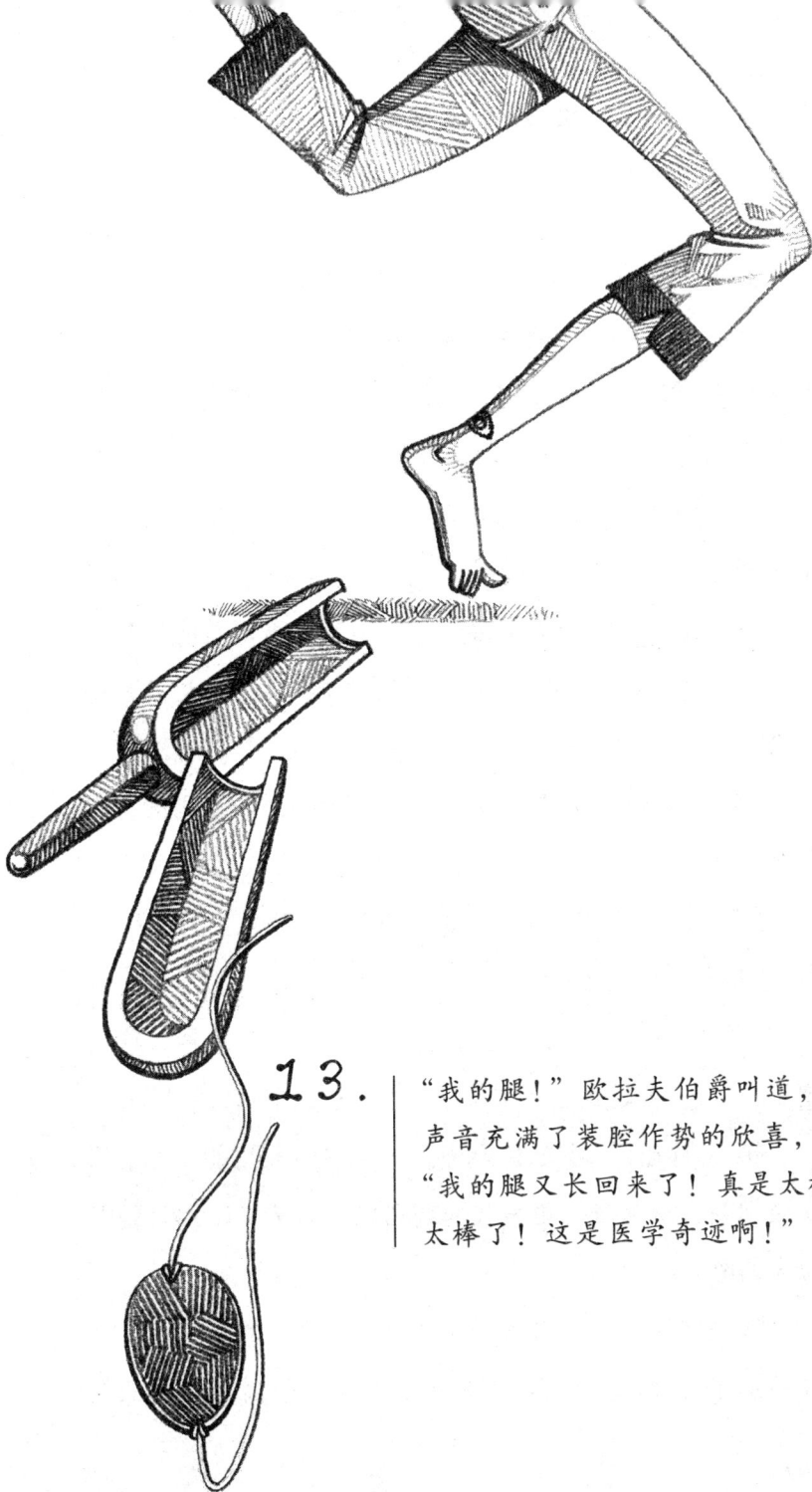

13. "我的腿！"欧拉夫伯爵叫道，
声音充满了装腔作势的欣喜，
"我的腿又长回来了！真是太棒了！
太棒了！这是医学奇迹啊！"

波先生惊讶地看着，奥薇特看来松了一口气，克劳斯看来释然了一些——释然的意思就是"放松"了，桑妮看起来得意洋洋。那个不男不女的家伙看起来很失望。至于欧拉夫伯爵——终于能够叫出他的真名了——先是很害怕，但就一眨眼的工夫，他揉着眼睛，装出跟波先生一样惊愕的表情。

"我的腿！"欧拉夫伯爵叫道，声音充满了装腔作势的欣喜，"我的腿又长回来了！真是太棒了！太棒了！这是医学奇迹啊！"

"哦，拜托！"波先生双手交叉在胸前，"没有用的。别再装了，连小孩也看得出来你的义肢是假的。"

"有一个小孩确实看出来了，"奥薇特对克劳斯耳语，"应该是三个小孩才对。"

"好吧，或许这义肢是假的，"欧拉夫伯爵承认，往后退了一步，"可是我这辈子从来都没见过这个刺青啊！"

"哦，拜托！"波先生又说了一次，"没有用的。你想用义肢把刺青藏起来，可是我们现在已经看清了，你就是欧拉夫伯爵。"

"好吧，或许，这刺青是我的，"欧拉夫伯爵承认，又往后退了一步，"但我可不是什么欧拉夫伯爵，我是讪船

长。瞧，我的名片上写得清清楚楚。"

"哦，拜托！"波先生又说，"没有用的。任何人都可以去印名片，想印成什么样子都行。"

"好吧，或许，我不是讪船长，"欧拉夫伯爵承认，"但这些孩子还是我的，这可是约瑟芬说的。"

"哦，拜托！"波先生第四次这么说，这也是最后一次了，"没有用的。约瑟芬姑妈把孩子们留给讪船长，不是欧拉夫伯爵。而你就是欧拉夫伯爵，不是讪船长。所以现在，该由我来决定波特莱尔家的孩子由谁来照顾，我会把他们送到别的地方去，也会把你送进监狱去。这是你最后一次恶行恶状了，欧拉夫。你想借着跟奥薇特结婚，霸占波特莱尔家的财产；你还谋杀了蒙叔叔，试图夺取波特莱尔家的财产。"

"而这一次，"欧拉夫伯爵咆哮道，"是我最杰出的计划！"他揭去了眼罩——当然，跟他的义肢一样，那也是假的。他用两只亮闪闪的眼睛瞪着波特莱尔家的孩子们。"我不喜欢吹牛——事实上，我为什么还要对你们这些笨蛋说谎呢？我是太爱吹牛了，逼迫那个愚蠢的老太婆写下那张纸条，还真是值得我骄傲。多么愚笨的约瑟芬啊！"

"她才不愚笨呢！"克劳斯叫着，"她既仁慈又甜美可亲!"

"甜美可亲?"欧拉夫伯爵带着可怕的微笑重复道,"我想这个时候,断肠水蛭可能已经发现她确实很甜美,她可能是它们吃过最甜美的早餐呢!"

波先生皱了皱眉头,往他的白手帕里咳了咳。"你这些恶心的话说得够多了,欧拉夫,"他严厉地说,"我们现在就要把你逮住,你已经没有路可逃了。断肠湖警察局一定很高兴能够逮到你这个头号骗子、杀人犯和危害儿童的危险分子。"

"还有纵火犯。"欧拉夫伯爵叫嚣着。

"我说'够了'!"波先生咆哮道,欧拉夫伯爵、波特莱尔家的孤儿们,还有那个大怪人都惊讶地看着波先生,没想到他会说出这么严厉的话来,"这是你最后一次折磨这些孩子了,而且我一定要把你扭送法办。你再怎么伪装都没有用,说谎也没有用,事实上,你已经无路可逃了。"

"真的吗?"欧拉夫伯爵说,他肮脏的嘴唇抿成一个微笑,"我可以想一些别的办法。"

"是什么?"波先生说,"什么办法?"

欧拉夫伯爵看着波特莱尔家的孤儿们,送给他们每个人一个微笑,好像他们是他要送进嘴里的几小块巧克力。

然后，他对着大怪人笑了笑，接着，他很慢、很慢地对着波先生微笑。"我可以跑。"说完，他拔腿就跑。欧拉夫伯爵跑掉了，后面跟着那个笨拙的大怪物，他们朝着铁门的方向跑了。

"回来！"波先生大叫，"给我回来！以法律之名回来！以司法和正义之名回来！以莫瑞特财务管理中心之名回来！"

"我们不能只是站在这里叫他们回来！"奥薇特大叫，"快点！我们去追他们！"

"我不容许你们这些孩子去追他们，"波先生说，然后继续对着逃跑的人大叫，"站住！我说站住！"

"不能让他们跑了！"克劳斯大叫，"快点，奥薇特！快点，桑妮！"

"不可以，不可以！这不是小孩子的工作，"波先生说，"克劳斯，跟你的姐妹们在这里等着，我会把他们抓回来的，他们绝对不会从我波先生这里逃掉的。嘿！你们！站住！"

"可是我们不能站在这里等啊！"奥薇特叫着，"我们得弄一艘帆船，去找约瑟芬姑妈！她可能还活着！"

"你们波特莱尔家的孩子现在归我管，"波先生坚定地说，"我不会让你们这些小孩子没有人陪伴，就驾着帆船出航。"

"可是，要不是我们没有人陪伴就驾着帆船出航，"克劳斯指出，"我们早就被欧拉夫伯爵抓到了。"

"那不是重点，"波先生说着，快步走向欧拉夫伯爵和大怪人，"重点是……"

可是波特莱尔家的孩子们没有听到波先生所说的重点，因为铁门正好"砰！"地发出一声巨响，大怪人在波先生到达之前，就把门给关上了。

"马上停住！"波先生在门外大声下达命令，"回来！你们这些讨厌鬼！"他想打开门，却发现门已经锁上了。"锁住了！"他对着孩子们大叫，"钥匙在哪里？我们得找到钥匙。"

波特莱尔家的孩子们赶到门口，却听到一串叮咚声，"钥匙在我这儿，"那是欧拉夫伯爵的声音，从门的另一边传过来，"但是别担心，我很快就会再见到你们的。孤儿们，非常快。"

"马上把门打开！"波先生叫嚣着，但是，当然没有人开门。他不停地摇晃门，但顽固的铁门就是不开。波先生赶到电话亭去打电话给警察，可是孩子们知道，等警察来的时候，欧拉夫伯爵早就逃之夭夭了。彻底的筋疲力尽，加上彻底的绝望，波特莱尔家的孤儿们跌坐在地，沮丧地坐在故事一开始时，他们所坐的同一个地方。

在第一章，你应该记得，波特莱尔家的孩子们坐在他们的行李箱上，希望往后的日子会稍稍好过一些，而在这故事的结尾，我真希望能告诉你们，事情确实是这样。我真希望能写出，欧拉夫伯爵试图逃脱的时候被逮住了，或是约瑟芬姑妈游到了达摩克利斯码头，奇迹似的躲过了断肠水蛭。然而，事实并非如此。就在孩子们跌坐在地上的时候，欧拉夫伯爵已经横渡了半个断肠湖，而且很快就会上岸，跳上火车，伪装成犹太牧师，愚弄了警方。而且，很抱歉，我还要告诉你们，他已经又策划了另一个计谋，要夺取波特莱尔家的财产。我们似乎永远无法知道约瑟芬姑妈的下落，孩子们坐在码头上，无法去营救她。但是，我可以告诉你们，最后，孩子们被迫去寄宿学校，而就在那个时候，两个渔夫发现了约瑟芬姑妈的两件救生衣，全都被撕咬成碎片，漂浮在漆黑的断肠湖上。

你知道，在大部分的故事中，坏蛋都会被绳之以法，那么就会有个快乐的结局，这样每个人安然回到家中时，就可以从中学到故事的寓意。但是在波特莱尔的故事中，每件事似乎都不对劲。欧拉夫伯爵，也就是故事中的大坏蛋，他邪恶的计谋虽然并未得逞，但他也没有被绳之以法。你当然不会认为这是个快乐的结局。波特莱尔家的孩子们也无法从中学到任何教训，道理很简单，因为他们根本没有家可以回。不单单是因为约瑟芬姑妈的房子已经跌落山谷，更因为波特莱尔家的孩子们真正的家，那个他们和父母亲同住的家，早就化为一堆灰烬，不论多么渴望，他们都再也回不去了。

不过，即使他们得以回到家中，我也很难告诉你这个故事的寓意何在。有的故事寓意很简单。譬如，《三只小熊》的寓意就是"千万别闯入别人的屋子里"，《白雪公主》的寓意是"别吃苹果"，而第一次世界大战的寓意是"千万别暗杀斐迪南大公"。然而，奥薇特、克劳斯和桑妮坐在码头上，看着朝阳从断肠湖边升起，心里疑惑着，到底他们和约瑟芬姑妈共度的时光寓意何在呢？

我接下来要用的词"灵光乍现"，其实跟阳光或光线一点关系也没有，简单地说就是"他们想到了"。波特莱尔家的孩子们坐在码头上，看着阳光洒在开始忙碌工作的人们身上，想到一件对他们而言非常重要的事。约瑟芬姑妈独自悲伤地守着她的房子，而三个孩子和她不同，在他们悲惨的生活中，他们互相安慰、互相扶持，虽然这并不能让他们感到十足安全，也不能使他们完全快乐，却能够让他们感到彼此的价值。

"谢谢你，克劳斯，"奥薇特感激地说，"你看出了纸条的秘密。还有桑妮，谢谢你，你偷了帆船的钥匙。要不是有你们两个，我们早就被欧拉夫伯爵逮到了。"

"谢谢你，奥薇特，"克劳斯感激地说，"你想到用薄荷糖帮我们争取到一些时间。也谢谢你，桑妮，你及时咬掉了那根义肢。要不是有你们两个，我们早就完了。"

"痞邱！"桑妮也感激地说，她的哥哥、姐姐很快就明白，她要感谢奥薇特发明了信号火把，还要谢谢克劳斯看着地图，把他们指引到冰沉霜地洞去。

孩子们彼此依偎，一抹微笑浮现在他们消沉而焦虑的脸庞上。他们拥有彼此。我不确定"他们拥有彼此"是否就是波特莱尔故事的寓意，但对这三个孩子来说，这就足够了。在他们不幸的生命中，拥有彼此就好比在暴风雨中拥有一艘帆船一样，对波特莱尔家的孤儿们来说，就足以让他们感到无比幸运。

鬼魅的大窗子

亲爱的编辑，您好，

此刻，我正在破碎镇的镇公所里写信给您。我已经说服镇长让我进入奥韦尔医生那间眼睛形状的诊所，好进一步调查波特莱尔家的孤儿们住在这里时发生了什么事。

下个星期五，会有一辆黑色吉普车停在猎户座天文台的停车场西北角。请破窗而入。在手套匣里，可以找到我对波特莱尔三姐弟生命中这些可怕事件的描述，标题是《糟糕的工厂》。除此之外，还有一些关于催眠术、外科口罩，以及六十八根橡胶棒的资料。另外还有钳子机器的蓝图，插画师在绘图时可以派上用场。

记住，要让波特莱尔家孤儿们的故事公诸于世，您是我最后的希望。

谨此

雷蒙尼·斯尼科特